勇者
シオン
あふぅ」
…?」
「いやぁぁぁぁぁっ、恥ずかしいいいいいいいいいっ!
【魔王(ロード)】――」
魔王
ヴィラ

「いろいろ丸見えなのが
恥ずかしいだけで、だ、大丈夫だ！
これは治療行為なんだから！
うん、裸でも大丈夫ったら大丈夫！」
「いや、そこまで言われると、
さすがに恥ずかしさが
増してきたんだが……」
「え、えいっ」
思わずツッコむ俺の目の前で、
ヴィラがいきなり服を脱ぎ捨てた。
思いっきりよく、上も下も。

「ヴィラっ!?」
雪のように白い肌が艶めかしくてドキドキしてしまう。
「し、しまった、勢いをつけすぎた!
ひあぁぁあ、や、やっぱり
見ないでえぇえ……!」
あらわになった裸身を両手で
隠しながらアタフタするヴィラ。
「きゃあっ!?」
あんまり慌てたせいか、
その場で足を滑らせ、ひっくり返ってしまった。
あ、いろいろ見えちゃった……。

CONTENTS

The demon king is the
hero's cute wife

魔王は勇者の可愛い嫁

～パーティの美少女4人から裏切られた勇者、魔王と幸せに暮らします。
4人が勇者殺しの大罪人として世界中から非難されてる?まあ因果応報かなぁ～

六志麻あさ

第1章　勇者は魔王に癒やされる

俺、勇者シオンが率いる『勇者パーティ』と『魔王ヴィラルヅォード』との戦いは最終局面を迎えていた。

都市一つを吹き飛ばすほどの威力を持つ火炎や稲妻などの攻撃魔法を連発する魔王に対し、俺は聖剣を振るい、仲間たちが援護する。

荒野に無数の爆光が閃(ひらめ)く中で、俺は渾身(こんしん)の斬撃を繰り出した。

「くらえ、魔王！　【戦刃断(リゼルブレード)】！」

聖剣からほとばしった閃光が魔王の体を打ち据える。

「お、おのれ……」

しゅううう……っ。

魔王の全身から白煙が上がっていた。

薄桃色の長い髪に可憐(かれん)な容姿。左右の側頭部から伸びる角に背中の黒い翼と尾。

魔王は——美しい少女の姿をしていた。

傷だらけで痛々しいけど、可哀そうだと思っている場合じゃない。俺は勇者として奴を倒すーーそれだけだ。

「いいぞ、シオン！」

「わたくしたちも勇者シオンに続きましょう！」

「いっくよ～、魔王！」

「攻撃……全員攻撃……」

と、四人の仲間が俺に続いて攻撃を繰り出した。

仲間たちは、いずれも魔王に負けず劣らずに美少女である。その愛らしい見た目とは裏腹に、全員が世界最強レベルの高い戦闘能力を有していた。

ごうっ！

ざしゅっ！

「ぐあああ……ぁぁぁ……っ」

そのたびに鮮血がしぶき、魔王は苦悶の叫びを上げる。

「あはははっ。あの魔王を一方的にいたぶれるなんてね！」

「ふふふ、痛いですか？」

「魔族なんて何やってもいいんだからね。ほら、ストレス解消～！」

「一方的にいたぶる……快感……」

魔法弾が次々に彼女へと打ちこまれていく。

「あああぁぁぁ……ぎぁ……い、いたぃ……ぃぃぃぃ……っ」

苦痛のあまりに絶叫しながら後退する魔王ヴィラルヴォード。

並の魔族ならとっくに消滅している。

けれど魔王は圧倒的な再生能力を持っていて、どれだけ攻撃してもなかなか息の根を止められない。

「た……助け……て……」

とうとう倒れた魔王が声を絞り出す。

「たす……け……」

彼女と視線が合った。

こいつは俺にとって宿敵だ。

百万の魔族軍を率いる人類全体の敵だ。

いずれ世界を闇に包み、すべてを滅ぼすと予言された存在なんだ。

「だけど、ここまで残酷にいたぶる必要はないんじゃないか……!?」

俺は苦い思いをかみしめて四人の仲間を見渡す。

聖騎士ティアナ。

大聖女カトレア。

弓聖イングリット。

極魔導師ユーフェミア。

彼女たちは全員が楽しげな笑みを浮かべていた。

「相手は魔王でしょ」

「うふふ、わたくし、美女が苦しみもだえる姿に興奮しますわ」

「うわー、ちょっと変態だよ～」

「嗜虐嗜好（しぎゃくしこう）……ドＳ……」

彼女たちは笑いながら、なおも攻撃を続けた。

「さて、と。いくら傷ついても、魔王はまた復活してしまうわね。そろそろトドメといきましょ」

「アレをやって仕上げ、ですね」

仲間たちがうなずき合う。

「仕上げ？」

なんの話だろう、と俺が首を傾（かし）げた瞬間、

「【混沌縛鎖（カオスバインド）】」

大聖女カトレアが呪文を唱えた。

同時に俺の全身が魔力の鎖で縛られる。

「う、動けない――」

俺は驚いて彼女を見つめた。

「どういうつもりだ!?」

「言ったでしょ。これから仕上げだって」

聖騎士ティアナが笑う。

「魔王には無限の再生能力と【不死】の固有スキルがある。それを打ち破るために、勇者の命を使って『強制自爆』させる――勇者だけが使える禁断の最終奥義だね」

弓聖イングリットが冷たい表情で告げた。

「勇者の……命……？」

つまり、俺の――。

「説明はここまで……」

極魔導師ユーフェミアが冷然と告げる。

次の瞬間、彼女たちから矢継ぎ早に攻撃や魔法が飛んできた。

「がはっ!?」

斬撃が、気弾が、矢が、魔法弾が――。

次々に叩きつけられ、俺は激痛に叫んだ。

体が動かないから、攻撃され続けるしかない。

痛みと苦しみで意識が遠くなる。

「シオン、あなたは魔王を道連れに死んで、世界を救った英雄になるのよ」

「安心してください。あなたの武勇伝はわたくしたちが後世に伝えますわ」

「ボクたちはこれからの人生を楽しく過ごすからね～」

「私たちに下される褒賞(ほうしょう)と名誉……今からすごく楽しみ」

「お、まえ……ら……」
意識がどんどん薄れていく。
激痛がどこまでも続く。
こんな形で、俺の人生は終わるのか。
俺は――ある出来事をきっかけに、『他者を守りたい』と強く願うようになった。
そのために剣の修行を積み、やがて勇者として選ばれた。
その後はひたすら魔王軍と戦ってきた。
命を懸けて多くの人を守り、世界中から賞賛された。
俺の剣で人々の平和を守ることができて誇らしかった。
そして今や、信頼する仲間たちとともに魔王を討つ寸前まで来た。
やっと――世界に平和が訪れると思った。
今まで頑張ってきたことが、ようやく報われると思った。
なのに、最後の最後で信頼する仲間たちから裏切られた。
道具のように使い捨てにされた。
これが……こんなものが――。

俺の最期か。


い浮かぶ。

俺を嘲笑うティアナ、カトレア、イングリット、ユーフェミア——四人の仲間たちの顔が思い浮かぶ。

「嫌だ……！」


ふざけるな、と思った。

このままでは、終われない。

俺は生きたい。

まだ、生きていたい！

感情が、爆発的に弾けた。

「おおおおおおおおおおおおっ……！」

手にした聖剣を半ば無意識に振り回す。


——そして。

「うう……っ」

俺はゆっくりと目を覚ました。

最初に視界に入ったのは、見知らぬ天井だった。どうやら病室のような場所で、俺はベッドの上に寝かされているようだ。

肌に温かくて柔らかな何かが触れている。特に胸元にはやけに弾力のある膨らみが――？

「えっ？　あ、あれ？」

そこで俺はとんでもない事実に気づいた。

裸の女が俺にぴったりと寄り添っている!!!

しかも、俺自身も一糸まとわぬ姿である。

お互いに全裸で抱き合っている――。

「な、なんで？　なんで？　えええええええええ？」

すっかり混乱してしまった。

しなやかな手足。

細くくびれた腰。

そして形のよい左右の胸の盛り上がり。

完璧な裸身がすぐ目の前にある。

さらに視線を移し、その顔は——凍りつきそうなほど美しい容姿と薄桃色の髪。

「……って、あれ⁉　お前は魔王じゃないか！」

「——ん？」

俺の叫び声に彼女が反応した。

そう、彼女は俺にとって最大の宿敵である魔王ヴィラルヴォードだった。

「ああ、目を覚ましたか」

魔王が俺を見て、ホッとした顔をする。

「十日も目を覚まさなかったから心配したぞ」

「あ、あの、なんで俺……裸……？　っていうか、お前も……」

「!!!」

俺の指摘に魔王の表情が引きつった。

「そ、そうだった、私、裸で魔導治療してたから——って、じろじろ見るなっ！　いやらしい！」

「ご、ごめんっ！」

「ううう……男に肌を見られるなんて……初めて……」

恥じらう彼女は、とてもあの恐ろしい魔王と同一の存在とは思えなかった。

「本当にごめん……」

「あ……いや、私こそ……」

重ねて謝罪すると、魔王もバツが悪そうな顔になった。

「恥ずかしかったから、つい声を上げてしまったんだ。すまなかった」

素直に謝ってきたのが意外だった。

魔王って、こんな一面もあったのか。

――いや、そこを気にするよりも、まず他にもっと重大なことがあった。

「俺、生きてる――?」

とりあえず手近のシーツを引き寄せて裸を隠しつつ、つぶやく。

あれだけの攻撃を受けながら、なぜか助かったようだ。

いや、そもそも俺は『勇者の最終奥義』とやらで自爆したはずじゃ……?

だが見た感じ、あちこち傷の痛みは残っているものの、手足を失ったり致命的な負傷をしている様子はない。

「勇者シオン」

魔王の全身が黒い光に覆われたかと思うと、きらびやかな装身具と魔王の衣装に包まれた。

「礼を言おう。お前が最後の力で私も一緒にここまで転移させてくれたから、私はこうして生きている」

「転移?」

キョトンとする俺。

いったい、なんの話だ――。

「ここは魔界だ。覚えていないのか？　あのとき、お前はすさまじい力を放出し、時空間を捻じ曲げ、お前自身と私を魔界まで転移させたのだ」

魔王が言った。

「ここが……魔界？」

俺は驚いて周囲を見回した。

魔族たちの故郷、魔界。

人間界にも魔族の国――『魔王国』があるが、それは魔界の中心勢力が築いた『魔族の領土』である。

俺たち勇者パーティの目的の一つは『魔王国』を『人間側の領土』として奪還することにあった。

だから戦いはずっと人間界で行われていて、魔界に来るのは初めてだ。

そもそも人間界と魔界の間には幾重にも結界が張られていて、移動は容易じゃない。

「俺が……時空間を捻じ曲げた……？」

確かに聖剣の力で空間を斬るほどの攻撃をすることは可能だ。

とはいえ、人間界と魔界を移動できるほどの威力の空間断裂を引き起こしたとなると――。

「あの『自爆』の衝撃と俺の聖剣による斬撃の威力が合わさって、空間を切り裂いた……ってことか？」

「おそらく、な。なんにせよ、私はお前に命を救われた」

魔王が微笑んだ。

「だから、今度は私がお前を助ける番だ。すでに私自身の魔力をお前に分け与え、できる限りの治癒魔法を施してある。そうしなければ、すぐにでも命が危なかったからな」

「魔王が、俺を助けくれた……？」

「とはいえ、まだまだ安静を要する。ゆっくりと体を癒やしてくれ」

「まさか、魔王に救われるとはな……」

「お前は私の命の恩人だ。助けるのは当然のこと」

「……人間が憎くないのか？　世界征服を企む魔族の軍団の王が」

魔王は、俺を慈しむような笑みを浮かべていた。

「世界征服――それがそもそもの誤解だ。私たちの望みは平穏に暮らすことだけ」

と、魔王ヴィラルヴォードが言った。

「お前たち人間は、我々魔族を悪の化身だと思い込んでいるからな。信じられないか？」

「まあ、その……」

俺は口ごもった。

実際にこうやって命を救われ、治療を受けているんだし、反論できない。

とはいえ、今まで邪悪だと信じていた連中が、『実は違います』と言われても、戸惑うばかりだ。

「とにかく、今は傷を癒やしてくれ。考えるのは、その後でもよかろう」

「……魔王」

俺は彼女に言った。

「ん？」

「恩に着る」

複雑な気持ちを押し殺し、俺は魔王に目礼した。


その後も魔王自ら(みずか)が俺に治癒魔法を何度もかけてくれた。大量に魔力を分け与えたせいで、魔王自身の魔力が大きく目減りしたそうだが、そんなことには構わず、彼女は本当に献身的な治療を続けてくれた。

おかげで、俺は徐々に回復していった。

とはいえ、通常の怪我(けが)とは違い、勇者の自爆技によるダメージはそう簡単に全快しないようだ。

本当にじれったくなるほどの回復速度。

やがて、一か月が過ぎた――。

俺、シオン・エルフィードは貧しい農村で生まれた。

ごく平凡な子どもだったと思う。

特別頭がいいわけでもなく、体力があるわけでもない。むしろ体力は平均より下だったかもしれない。

そんな折、村が魔族の一群に襲われた。

ちょうど、魔王軍の地上侵攻が数十年ぶりに活発になり始めたころの話だ。

多くの村人が魔族に殺された。

奴らは、殺戮(さつりく)を楽しんでいるようだった。

子どものころから親しかった友人たちも……。

俺に優しくしてくれた近所のおじさんやおばさんも……。

次々に殺されていった。

俺は恐怖で逃げ惑うだけだった。

何もできなかった。

何一つ——できなかった。

ただ無力におびえ、震えていた。

やがて魔族の一体が俺を見つけ、襲いかかってきた。

殺される、と絶望したそのとき――。

国の騎士団が村を助けに来てくれた。

そのうちの一人……若い女の騎士は魔族の攻撃から俺をかばって傷ついた。

それでも、俺を守って魔族と戦ってくれた。

その人はすごく強かったけど、傷を負ったせいで上手（うま）く戦えないみたいだった。

結果――相打ちになった。

『君が無事でよかった』

彼女はそう言い残してこと切れた。

俺のせいで、死んだんだ。

この人は――生きていれば、もっと多くの人を救えたんだ。

この人は――自分の命と引き換えに、俺を救ってくれたんだ。

俺は悲しみの中で、自然とこう思った。

『俺も、この人のように他者を守ることができる存在になりたい』と。

この人の代わりに。

この人の分まで。

十三歳になったころ、俺はとある国の騎士団に入った。

より多くの人々を守りたい、という願いからだ。

当時、騎士団の中でも最強と謳われていた聖騎士ティアナに出会ったのもそのころだ。

俺は騎士団での成績も悪く、弱かった。

だから努力した。

魔族に襲われる人々を目の当たりにして、彼らを守るために剣を振って――そんな日々を送りながら、『他者を守る存在になりたい』という思いはさらに強くなっていった。

けれど、そんな思いとは裏腹に、俺は弱いままだった。

強くなりたい。

その一心で、来る日も来る日も剣を振る。

ひたすらに剣を振る。

そして――二年。

俺は戦女神リゼルから聖剣ファリアレイダを授かった。

なぜ俺が選ばれたのかは、未だに分からない。

女神は『誰よりも清く、誰よりも他者を思いやり、誰よりも平和を願う心に感銘を受けた』と言ってくれた。

俺にそんな大層な心根があるのかは分からないけど――とにかく俺は聖剣の力を得て、地上最強となった。

人間の限界にまで到達した身体能力。

聖剣による圧倒的な攻撃能力。

さらに魔法能力も授かり、『魔法剣士』としての戦闘スタイルを修得した。

かつては下級魔族にすら勝てなかった俺が、高位魔族と互角以上に戦えるようになった。

最底辺の騎士に過ぎなかった俺は、たちまち目覚ましい戦果を挙げるようになった。

魔王軍との戦いにおける主要戦力——そんな評価を得るのに、二か月とかからなかった。

そんな俺の躍進ぶりに、嫉妬されたり、やっかまれたりすることもあった。

そんなことは気にならなかった。

ただ、俺は夢中で剣を振った。

今まで以上に、剣を振り続け、戦い続けた。

今までよりも、ずっと多くの人を守ることができるようになったから。

今までの無力な自分では守れなかったであろう人たちを守れるようになったから。

ただ、それだけが純粋に嬉しかったから——。

俺は『勇者』としての力を完全にモノにしたわけじゃなかったから、時には敗れることもあった。

けれど、そんな苦境もティアナや新たに仲間に加わった大聖女カトレア、弓聖イングリット、極魔導師ユーフェミアと一緒に乗り越えていった。

　そして二年、俺はさらに強くなった。

『勇者』としての能力は完成に近づき、高位魔族を十体単位で相手しても、完勝できるほどの力を身につけた。

　俺はティアナたちと一緒に各地で魔王軍を蹴散らし、ついに魔王を追い詰めた。

――そして。

　その後に起きた出来事は、まさに悪夢だった。

　俺はティアナたちによって、道具のように使い捨てられ、魔王もろとも滅ぼされそうになった。

　そして奇蹟的に生き延び、今は人間界から遠く離れたこの世界で、なんとか生きている――。


　その日、俺はベッドから降りて部屋を出た。

「どうした、シオン？」

　しばらく城内の廊下を歩いていると、魔王とばったり鉢合わせた。

「ちょっと城の中庭まで行ってもいいかな？　体がなまらないように、そろそろ剣の鍛練を再開したいんだ」

騎士団に入ってから、俺は剣の鍛錬を日課にしてきた。サボったことは一日もない。

だから一か月以上も鍛錬していないと、どうにも落ち着かない。

本当はもっと早くトレーニングを再開したかったけど、体が十分に回復するまで駄目だと魔王に止められていたのだった。

「そうだな……随分と回復したみたいだし、いいだろう」

よし、許可が下りた！

「よかったら武器庫から好きな剣を持っていくといい……いや、お前には専用の聖剣があったか」

「聖剣か……魔界に来てから呼び出したことがなかったんだけど、ちゃんと召喚できるかな？」

ふと疑問に思った。

「呼んでみたらどうだ？」

「そうだな。【聖剣召喚】……っと」

勇者専用の武器である『聖剣』は、普段は異空間に収納されている。

そこから呼び出すための呪文を唱えたが、何も起きなかった。

「あれ？　失敗したかな」

もう一度【聖剣召喚】を発動したが、結果は同じだった。

「聖剣を呼び出せない……!?」

「まだ魔力が足りないんだろう。どうやら体よりも魔力の回復の方が遅いようだ」

と、魔王が言った。

「そっか……体の方はすっかり元気になったんだけどな」

「心配するな。いずれ魔力も回復するさ」

魔王が微笑んだ。

もしかして、俺を元気づけてくれてるんだろうか。

勇者が魔王に慰められるとは……なんとも奇妙な気分だ。

「じゃあ、悪いけど武器を貸してもらえるか」


俺は魔王から剣を貸してもらい、城の中庭に出た。

「剣のトレーニングは本当に久しぶりだな……」

俺は基本的に毎日トレーニングを行っていたから、ここまで時間を空けると相当に体がなまっているはずだ。

「最初は軽く素振りから――ふうっ」

大きく息を吐き出し、俺は剣を掲げた。

真っすぐに振り下ろす。

ぶおんっ！

風を裂く音とともに、地面に大きな亀裂が生じた。

「これは──」

今のは、攻撃スキルを使ったわけじゃない。

ただの素振りで──その衝撃波だけで大地を割ったのである。

聖剣を使ったって、ここまでできるかどうか。

「どうなってるんだ、これ……？」

腕力が異常に増強されている……!?

呆然となりながら、さらに何度か剣を振る。

といっても、威力が明らかにおかしいので、最初よりも手加減して、だ。

何度も何度も振るうちに、さっきの一撃がマグレじゃないことも分かってきた。

やはり俺の腕力が格段に上がっている。

いや、腕力だけじゃない。脚力や、その他の筋力も同様だろう。

『自爆』を経て、魔王の治癒を受けて、回復した後──俺はなぜか大幅にパワーアップしてしまったらしい。

俺は驚きつつ、数十回の素振りを繰り返した。

「ふうっ……」

普段は一日五百回程度の素振りを日課にしているんだけど、今はまだ病み上がりだ。これくらいにとどめておくか。

と、

「精が出るな」

振り向くと、背後に魔王が立っていた。

「あ、もしかして鍛練の邪魔をしてしまったか？　すまない、つい声をかけてしまった……」

「いや、ちょうど一息つこうと思ってたんだ」

頭を下げた彼女に俺は手を振った。

魔王が勇者に素直に謝る光景なんて、ちょっと前までは想像もしていなかったな。

そもそも魔王とこうして日常会話をするなんて――。

本当に不思議な気分だ。

「一つ、聞いてもらってもいいか？」

俺は半ば反射的に相談を持ちかけていた。

「ん、なんだ？　私でよければ話を聞くぞ」

「実は――なんか体がちょっと変なんだよ、魔王」

「変だと？　私の治癒が失敗していたのか？」

魔王は心配そうに俺を見つめる。オロオロとしていた。

「なんだよ、そんなにうろたえなくてもいいだろ」

思わず苦笑する俺。

「いや、やはり心配だから……」

「いい奴だな、魔王は」

俺は苦笑を微笑に変えて言った。

魔王はフッと微笑みを返し、

「……ヴィラでいい」

「えっ」

「いつもいつも『魔王』と呼ばれるのは仰々しくてイヤなんだ。公的な場ならともかく、こういう場ではもう少し力を抜きたい……」

「っ……！」

はにかんだ笑みを浮かべた彼女を見て、俺は言葉を失った。

宿敵である魔王とは思えないほど愛くるしかったからだ。

心臓の鼓動が高鳴っているのが分かる。

魔王を相手に何ドギマギしているんだ、俺は……。

だけど彼女と話していると『宿敵』という感じがしない。一人の女と向き合い、話しているんだという感覚になってくる。

そう、ここにいるのは魔王ではなく、一人の少女なんだ。

「じゃあ――」

俺は彼女を見つめた。

どくん、どくん、どくん……。

　ますます心臓の鼓動が速まった。いざ愛称で呼ぶとなると、妙な緊張を覚えていた。

「すうっ……」

　深呼吸を一つ。それから、

「……ヴィラ」


「っ……！」

　魔王……いや、ヴィラの顔が真っ赤になった。

「あわ……あわわわわ……」

「？　どうしたんだ？」

「そ、その、男から愛称で呼ばれるのはお前が初めてだから……」

「えっ」

「そ、想像していたより一億倍くらい恥ずかしい……」

「意外と乙女なんだな」

「うあああああ、【魔王火炎(ロードファイア)】！」

いきなり巨大な火球をぶっ放す魔王。

ぐごおおおおおおううううんっ！

……地面にでっかいクレーターができました。

「はあ、はあ、はあ……あまりの恥ずかしさに最上級呪文を撃ってしまった」

「いや撃つなよ。物騒すぎるわ」

思わずツッコむ俺。

「す、すまない……以後気をつける」

シュンとする魔王。

意外と繊細だ!?

「ち、ちょっと言い方きつかったか？　ごめん……」

俺は慌(あわ)てて謝った。

「そんなことはない！　私が恥じらいのあまり理性をなくしてしまったのが悪いんだ」

魔王がぶんぶんと首を左右に振った。

まあ、やっぱり火球連発は物騒すぎるよなぁ……。

「そうだ、何度も呼んで慣れればいいんじゃないか？」

俺が提案すると、魔王もポンと手を打った。

「なるほど、それだ！」

俺と向き合う魔王。

「じゃあ、いくぞ――ヴィラ」

「んっ……」

魔王が頬を染める。

可愛くて見とれてしまった。

「そ、そんなに見ないで……ぇ」

ますます照れた顔をする魔王。

うん、ますます可愛い。

――って見とれてるだけじゃだめだな。

もっと練習しないと。

「ヴィラ」

「んん……っ！」

「ヴィラ」

「ふあぁぁ……あふぅ」

「ヴィラ……？」

「いやぁぁぁぁあっ、恥ずかしいぃぃぃぃぃぃぃっ！　【魔王（ロード）――】」

「わわっ、ちょっと待って！　【魔王火炎（ロードファイア）】はナシだぞ、【魔王火炎】は！」

「じ、じゃあ、代わりに【魔王雷霆（ロードボルト）】は駄目……？」

「呪文の種類の問題じゃないから」

またも俺はツッコミを入れた。

「と、とりあえず、お前に愛称を呼ばれるのは、あまりにもドキがムネムネしすぎる……」

「『胸』が『ドキドキ』な」

いちおうこれもツッコんでおいた。

「この辺りが焦土（しょうど）になりそうだ」

ヴィラは周囲を見回しながら、ため息をついた。

「確かに……ちょっとずつ慣れていこう」

「しかし、恥ずかしいものだな……男に愛称で呼ばれるというのは……」

「恥ずかしがるにも限度があると思う」

「ふふふ、しかしちょっぴり照れくさくて喜びもある……うふふふふ」

はにかんだ笑みを浮かべるヴィラ。

「あ、そうだ。俺のこともシオンでいいよ」

「っっっ……！」

またヴィラの顔が真っ赤になった。

どうしたんだよ、いったい……？

全人類の敵、と呼ばれていた恐ろしいイメージしかなかったから、今の魔王の姿には戸惑いを覚えてしまう。

けれど、少しだけ——。

可憐さと、親しみを感じる気持ちもあった。

心の中に、ヴィラに対する敵愾心(てきがいしん)や憎しみが不思議なほど湧いてこない。

人間とか魔族とかは関係なく、一人の魅力的な少女として、俺はヴィラに好感を持ち始めていた。

そう、この気持ちは間違いなく——『好意』だった。

「少し王都を散策してみないか?」

翌日、俺はヴィラに誘われた。

「えっ、でも俺が大勢の魔族の前に出るのはまずくないか?」

なんといっても俺は魔族にとって最大の敵といえる『勇者』なのだ。

この間の剣のトレーニングだって、誰にも見つからないようにこっそり行動していたのに……。

「大丈夫だ。今まで言いそびれていたが、実はお前には【隠密】の魔法をかけてある」

「隠密……?」

「簡単に言うと、周囲の魔族はお前を『勇者シオン』として認識できない。ごく普通の一般魔族としてしか、な」

　ヴィラがにっこりとした顔で説明した。

「いつの間に……」

「トラブルを避けるための処置さ。厳密に言うと、私が得意とする『空間魔法』を応用した結界術の一種なんだが──まあ、詳しい理屈はいい」

　──というわけで、俺とヴィラは王都に出た。

　彼女は麦わら帽子を目深にかぶり、顔を隠し気味に歩いている。

「いちおう、お忍びモードだ。まあ、バレたらバレたでいいんだが」

　クスリと笑うヴィラ。

「バレてもいいんだ」

「顔出しで歩いたことも何度もあるよ。魔族はおおらかだからな。魔王が大通りを歩いていても、大騒ぎにはならない……たぶん」

「そういうものなんだ？」

　……ということで、俺とヴィラは王都に出た。

　王都内はにぎわっており、道行く魔族たちはみんな笑顔だ。

『魔族』というと凶悪だったり、おどろおどろしいイメージを抱きがちだが、実際に目にした魔族たちは楽しそうに暮らしていた。

俺としても戦場以外で魔族の姿を見るのは、ほとんど初めてといってよく、自分のイメージとの落差に驚くばかりだった。

と、

「あ、魔王様だ！」

「魔王様、今日も素敵です！」

「きゃー、こっち向いて～！」

「なんて美しいの！」

ヴィラに気づいたのか、周囲から黄色い歓声が次々に飛んだ。

特に女性人気が高いようだった。

美人で凛々しいヴィラは、女性から見ても格好良くて魅力的な女性ってことなんだろう。

もちろん、男から見ても彼女は魅力的だと思う。

そんな彼女の隣を歩けることが、なんだか誇らしい。

「ふふふ、どうだ。私の人気は」

ヴィラはドヤ顔で胸を大きく張った。

「魔王っていうから、もっと恐れられてるのかと思ったよ」

「私は日ごろから好感度アップのために地道な努力をしているからな」

「そんな努力してたのか」

「魔王というのはイメージも大事なのだ。定期的な好感度調査もしているが、歴代魔王の中でもかなり上位だぞ、私は。えへん」

　ヴィラはさらにドヤ顔になった。


　俺とヴィラは王都内をさらに進んでいった。

「どうだ王都は？　いい雰囲気だろう」

　確かに、行き交う魔族たちの表情はどれも和やかだ。

　さっきヴィラに声をかけてきた魔族たちも、みんな好意的な様子だった。

「みんな、楽しそうだな」

「平和なんだ、ここは」

　ヴィラが嬉しそうに語る。

「破壊や殺戮を求める魔族の一派もあるが……ほとんどは平和を愛する穏やかな種族なのさ」

　魔族が――平和を愛する種族？

　そんなふうに考えたことがなかったから驚きだった。

「でも、確かに……周りを見ていると、魔族への印象が変わるな」

「だろう？　それをシオンに見せたかったんだ！」

　ヴィラが身を乗り出した。

「正直、魔界のことは『魔族たちが住む暗黒の世界』っていうイメージしか持ってなかった。でも実際に来てみたら、すごく平和だ……人間の国の大半よりも平和だと思う」

俺は正直な感想を告げた。

「そうだろう？　この国は私の誇りだ」

嬉しそうにヴィラが語った。

「シオンも、ゆっくりしていってくれ」

「そうだな……」

今はまだ体力が完全に回復していないが、もしすべての傷が癒えたなら——俺はそのとき、どうすればいいんだろう？

もちろん、勇者として国に帰還すればいいということは分かっている。

でも、ここを離れるってことは、また魔王軍と——ヴィラや魔族たちと戦うってことだ。

「みんなと、戦う……のか」

周囲をもう一度見回して、胸が痛くなった。

俺が今まで戦ってきた相手が——ここにいる。

この中には、俺が命を奪った魔族の家族や友人や恋人がいるかもしれない。

俺が今までしてきたことは——。

「……シオン？」

「ごめん。先に帰るよ」

俺はヴィラの顔を見ないようにして、足早に城へ向かった。


夜になり、俺は城内に与えられた私室で休んでいた。

窓から空を見上げれば、赤い満月が二つ並んで輝いている。

「ここは魔界なんだよな……」

あらためて実感する。

周囲に人間は一人もいない。

知人も友人もいないし。見知った場所やなじみの深い場所もない。

完全な、異邦。

だから心細さはあるし、不安も尽きない。

ただ、人間界に帰りたいという気持ちが、不思議なほど湧いてこない。

この魔界が予想外に住み心地がいいからだろうか？

と、

「さっきは悪かったな、シオン」

ドアがノックされ、ヴィラが訪ねてきた。

「気分が悪くなったのは私のせいだろう？」

そう、彼女と王都を歩いている最中、俺は気分が悪くなって先に帰ったのだ。

だけど、その理由はヴィラが原因じゃない。

本当の理由は——。

「いや、俺の方こそ悪かった。せっかく王都を案内してもらっていたのに」

「私は、お前の気分を害するようなことをしてしまったか？　公務の間中、ずっと気になっていて……」

「違うんだ！」

俺は慌てて言った。

つい、叫んでしまった。

「俺は——」

言いかけて、言葉に詰まる。

どう言えばいいんだろう？

そもそも、俺は魔族をたくさん殺してきた。人間側から見れば勇者でも、魔王たちから見れば憎むべき敵のはずだ。

その俺を、ヴィラはどう思っているんだろう？

「俺は……」

駄目だ、上手く伝えられない。

頭の中がぐちゃぐちゃだ。

「……罪悪感、か？」

ヴィラがつぶやいた。

「その顔を見れば、おおよその見当はつく。王都で暮らす民を見て、自分が今まで戦ってきた相手のことを考えたんだろう？」

「……俺は多くの魔族を殺してきた」

俺は苦い思いでヴィラを見つめた。

脳裏に、王都で見た魔族たちの姿が浮かぶ。

いずれも楽しげで、幸せそうに暮らしている魔族たちの姿が――。

「魔族を殺すことで、世界に平和が近づくんだと思っていた。大切な人たちを守れるんだと信じてきた。それだけを考えて、剣を振るい続けてきた――」

「戦争だからな」

ヴィラは悲しげにうなずいた。

「人間側から見ると、たぶん『人間対魔族の戦争』という構図になっていると思う。だけど、実態は少し違うんだ」

「えっ……？」

「魔族には、闘争を好まず平和に暮らしたい善良な『穏健派』と、邪悪で人間や魔族の仲間相手にも破壊衝動をぶつける『純粋悪』と呼ばれる二派がいる」

「純粋悪……」

「数百年の長きにわたり、人間界に攻め入っているのは、その『純粋悪』の連中だ。基本的に人間と魔族の戦争というのは、人間と『純粋悪』との戦いになる」

ヴィラが説明する。

「ただ、そこに私たち『穏健派』が絡んでくる。『純粋悪』を止めるために、私たちと彼らとの戦争が魔界内だけじゃなく、人間界にまで広がっている……」

「三つ巴、ってことか？　いや、でもヴィラたち『穏健派』が人間たちと戦う理由はないよな？」

「最初はそうだった。だけど、数百年も続く戦争の中で、次第に『穏健派』と人間たちとの戦争も始まっていったんだ。互いに殺し、殺され……そういった遺恨の深まりによって……」

「じゃあ、今は三つ巴で戦争している状態なのか？」

「そうだ。お前たち人間から見れば、『魔族との戦争』という大きなくくりになっていると思うが、実際には魔族軍は二つに分かれ、互いにぶつかり合いつつ、それぞれが人間たちと戦っているのさ」

ヴィラがため息をついた。

「私はそれを止めたいと……少なくとも『穏健派』と人間たちとの戦いだけでも止めたいと願いながら、結局はどうにもできなかった」

その横顔は寂しげだ。

胸の奥に重く響くものがあった。

彼女がそんな思いを抱いて戦っているなんて、俺は知らなかった。

「俺が今まで殺してきた魔族の中には、『穏健派』もいれば『純粋悪』もいたってことだよな」

「おそらく、な」

うなずくヴィラ。

「ただ、相手がどちらに属していたのであれ、お前が魔族を殺したのは戦場で、兵士が相手だろう。それは戦場の習いだし、お前が非戦闘員を殺したことはないはずだ。少なくとも私が知る限りは」

「戦場の習い……」

「それを言うなら、私だって多くの人間を殺している。もちろん、非戦闘員ではなく兵士が相手だ――」

ヴィラは暗い表情でうつむいた。

「お前と一緒さ。人間たちを殺すことで、魔王国に平和が訪れると思っていた。大切な者たちを守れると信じ、殺戮を続けた――」

お互いに、大切なものを守るために、戦い続けたんだ。

そして、殺し合った。

本当は、どちらも平和に生きたいはずなのに……。

「どうして、俺たちは戦うんだろう……？」

「私には答えが分からない。たぶん、誰にも分からないんじゃないかな」

ヴィラがゆっくりと顔を上げた。

「だからこそ、私たちはみんな——答えをこれからも探し続けるんだと思う」

言って彼女は微笑んだ。

「はは、こんな答えじゃ解決にはならないか」

「いや、安易な解答なんてないってことだ。俺だって……本当は分かっている」

俺は彼女にうなずいた。

「ただ、それを誰かに言ってもらえることで……気持ちが軽くなる気がする。ほんの少し、癒やされる気がするんだ」

勇者が、魔王に癒やされるとは、な。

「よし、では気分転換だ。さらにお前の気持ちを癒やしてやるぞ」

ヴィラが立ち上がった。

「えっ」

「私の部屋に来てくれ、シオン」


俺は魔王用の私室に入れてもらった。

執務中の息抜きに利用する部屋だそうだ。

そこでヴィラがコーヒーを淹れてくれた。

「お、美味いな」

人間界のコーヒーよりも、かなり香り高くてコクがある。もしかしたら魔族が独自で栽培する珈琲豆でも使ってるんだろうか。

「だろう？　『ブラッドマウンテン』というお気に入りの豆なんだ」

ヴィラがにっこりと笑う。

「――ん？」

俺はそこで棚一面にずらりと珈琲豆の瓶が並んでいることに気づいた。

「すごい数だな」

「ふふふ、瓶ごとに種類が違うんだぞ」

「……何百個もあるんだけど」

「総数で６６６だ」

「不吉な数字だな」

思わずジト目になる俺。

「それぞれに味わいがあるんだ。その日の気分だったり、気候だったりに合わせて違うものを飲んでいる」

ヴィラが嬉しそうに言った。

「魔王が珈琲マニアだったとは……」

「ん、意外か？」

「いや、妙に人間くさいというか」

俺は苦笑いした。

「こうして過ごす前は、魔王って恐怖の象徴みたいなイメージしかなかったからさ」

「ふん、私だって一個の生命体だ。能力はともかく、精神面は人間と大差ないかもしれないな」

と、ヴィラ。

「確かに……こうして君や魔族たちと接しているうちに、俺も考えが変わってきたよ」

俺たちは――魔族と戦う必要なんてないんじゃないか？

その考えは、俺の中で少しずつ、確実に膨らんでいく――。


どんっ……！


そのとき、魔王城全体に激しい震動が走った。

「なんだ……!?」

驚いて周囲を見回す俺。

「まさか――」

ヴィラの顔が青ざめた。

「敵襲……！」

俺たちはバルコニーに出た。

「あれだ！」

空中に巨大な竜の姿がある。

黒い稲妻をまとった真紅の竜――。

蛇のように細長い体に細い四肢、そして凶悪そのものの顔は威圧感に満ちていた。

「『邪天竜ディィルラシアン』……貴族級の魔族だ」

ヴィラがうめく。

「貴族級？」

「魔界の支配階級さ」

たずねる俺に答えるヴィラ。

「私のような『王族級』とそれに準ずる力を持つ『貴族級』――それらが魔族の頂点を為し、

魔界全土を支配している。あれはそんな魔界の有力者の一体」

つまり、魔王に準ずる力を持つ魔族ってわけか。

「それがいきなり襲ってきたということは――まあ、謀反だな」

「勇者に敗れ、おめおめと人間界から戻ってきた弱き魔王よ！」

竜が嘲笑した。

「貴様に魔王たる資格はない！　よって、この我が新たな魔王となって君臨する！」

「――よせ」

ヴィラが悲痛な顔で首を左右に振った。

「魔族同士で争ってどうする。たとえ主義主張が違っても、私たちは話し合い、手を取り合うべきだ」

「きれいごとを！　だから貴様ら『穏健派』は駄目なのだ！　魔族である以上、力で物事を決しなくてどうする！」

「その『力で物事を決する』という魔界を変えていきたいのだ、私は……！」

「ぬかせ！　我ら『純粋悪』は力ですべてをねじ伏せ、奪う！　魔王の座も、な！」

ごうっ！

邪天竜が漆黒のドラゴンブレスを吐き出した。

降り注ぐ強大なエネルギーを、

「【魔力錬成】【空間操作】――【防御結界・生成】！」

ヴィラが得意の結界魔法を発動して防ぐ。

――いや、防ごうとした。

「発動しない!?」

なぜか、魔法自体が発動しなかった。

「くっ、我が魔力いまだ全回復には遠いか……」

焦りの表情を見せるヴィラ。

もしかしたら――。

俺はハッと気づいた。

「ヴィラは……まだ傷が癒えていないのか……!?」

きっとそうだ。

俺の治癒のために、ヴィラは自らの魔力を大量に分け与えた、と説明していた。

だから、まだ彼女自身は完全回復には程遠い状態なんだ。

あまり強力な魔法は発動できないほどに。

「終わりだ、魔王!」

竜が吠えた。

いくらヴィラが魔界最強の魔王だといっても、かなりパワーダウンした状態で、しかも相手は魔界有数の実力者である『貴族級』だ。

このままでは彼女が殺される――。

そう思った瞬間、体が勝手に動いていた。

「ヴィラはやらせない！」

俺は彼女の前に出た。

とはいえ、聖剣を召喚するだけの魔力は回復していない。

普通の剣ではドラゴンブレスを防ぐことなんてできない。

「なら剣じゃなく魔法で──【雷帝刹破】！」

俺はとっさに雷撃呪文を唱えた。

俺が修得している中では最強の攻撃魔法だ。

ごうっ……！

魔法が発動したとたん、周囲がまばゆい輝きに包まれる。

「なっ……!?」

魔法を放った俺自身、驚いてしまった。

今までとは──魔法の威力がまったく違う!?

突き進んだ雷撃はディルラシアンの全身を打ち据え、
ばちばちばちぃぃぃっ！

たったの一撃で『貴族級』の邪天竜は地面に落下した。

びくびくと痙攣しながら、もはや立ち上がれないようだ。

「今の、威力は──」

俺は戦慄した。

もともと俺は剣も魔法も操って戦うスタイルだけど、その比重は剣の方に大きく傾いている。

魔法能力は、あくまでも剣技のサポート程度の位置づけだ。

だから、高位魔族を一撃でダウンさせるような魔法なんて操れない。

そのはずだったのに――。

「シオン、今の力は……!?」

ヴィラが驚いたように俺を見た。

「分からない。俺にここまでの魔法能力はなかった」

いったい、俺に何が起こっているんだ――？

「なんにせよ助かったよ、シオン。礼を言う」

ヴィラが俺を見つめた。

「私一人なら、おそらく殺されていた」

「ヴィラ……」

「お前がいてくれてよかった」

微笑むヴィラが、やけにまぶしく感じられた。

彼女からの感謝の言葉が嬉しくて、誇らしくて。

自分でも驚くほど気持ちが高揚している――。

「うおおおおっ!?　あの邪天竜を一撃で!?」

「な、何者なんだ、あんた⁉」

「強い……強すぎる！」

兵士たちがいっせいにどよめいた。

「まさか魔王様がこんな剣士を手駒にしていたとは……」

「いや、さすがはヴィラルヴォード様、まだまだ我らも知らぬ切り札を隠し持っているようですな」

「優れた君主のもとには優れた配下が自然と集う……やはり魔王様は名君と呼ばれるにふさわしき方――」

さらに大臣たちはヴィラについても賞賛していた。

「はは、お前のおかげで私の株まで上がったようだ」

ヴィラがクスリと笑う。

俺もつられて笑った。

なんだか清々しい気分だった。


夜になり、俺は自室に戻っていた。

『これから謀反が増えるかもしれない』

あの後、ヴィラは不安げな顔で言った。

彼女が弱体化したことを、おそらく魔界の有力者たちは察知しているのだろう。

今回のディルラシアンのように、また彼女を襲ってくる者も出てくるだろう、と。

「俺はこれから……どうしたらいいんだろうな」

以前、魔族が二つの勢力に分かれていると聞いたときにも、同じ問いかけを自分自身にした。

あのときは、答えは出なかった。

けれど今、少しずつだけど見え始めているものがある。

ヴィラの『魔王の座』を狙う、魔界の有力者たちは他にも数多く存在するらしい。

今日戦った『邪天竜ディルラシアン』は強力な魔族だった。

今後もあんな奴がヴィラを狙ってくるとしたら――。

彼女一人では持ちこたえられないかもしれない。

誰かが、守らなきゃいけない。

自然とそう思った。

あとは俺にその力があるのかどうか、だ。

「体は、かなり回復してきている……」

もともと身体機能はほぼ癒えていたんだけど、それに加え、魔力がここにきて増大していた。

以前よりも、ずっと。

おそらく、近いうちに聖剣を召喚することも可能になるだろうし、俺は本来の戦闘能力を取り戻すことができる。

その力で、俺は——。

「ヴィラを支えたい」

魔族を倒すためではなく、平和を望む魔族たちを守るために。

そして俺を救ってくれたヴィラを、今度は俺が救うために。

これからの俺は、そのために——剣を振るうんだ。

「でも、勇者である俺が魔王のために戦うなんて……いいんだろうか」

葛藤（かっとう）はある。迷いを吹っ切ったわけじゃない。

それでも俺の中に存在する確固たる意志。

それは——。

「ヴィラのために、剣を振るう」

※

時間は少し遡り（さかのぼり）、勇者シオンが率いる『勇者パーティ』と魔王国の王たる『魔王ヴィラルヴォード』との最終決戦が終わった直後のこと——。

その決戦の結末は、シオンが自らの身を犠牲にした『勇者の最終奥義』により、彼も魔王もともに消滅した……というものだった。

「勇者シオンは最後まで立派に戦いました、王たちよ」

パーティの生き残りである四人の少女――『聖騎士ティアナ』『大聖女カトレア』『弓聖イングリット』『極魔道士ユーフェミア』たちは、広間に集まった連合国の王や女王たちに報告を行っている。

「本当に、最後まで世界を案じて……消えていきましたわ……うう」

大聖女カトレアが涙ながらに語る。

「ボクたちは彼の勇姿を、その志を、決して忘れない」

力強く告げる弓聖イングリット。

「尊い犠牲……訪れた平和……感謝……」

ぼそぼそとつぶやいたのは極魔導師ユーフェミアだ。

「シオン……ああ、シオン……ううう……」

彼女たちが仕えている王のそばで第一王女メリーアンが涙に暮れていた。

彼女は、シオンに恋をしていた。

鈍感なシオン自身は気づいていなかったようだが、周囲からは公然の秘密のような扱いだった。

戦場から戦場へと飛び回るシオンを、遠いこの城から想い続けてきたのだろう。

そして、その想いは叶わないまま……絶たれた。

同じ女として、ティアナは彼女に同情した。

想い人を失うというのは、どれほどの苦しみだろう、痛みだろう。

そして、それを為したのは――自分たちだ。

罪悪感がないわけではない。

だが、それよりも――これからの自分たちに訪れるであろう輝かしい人生を思い、心が弾んでいた。

「ともあれ、魔王は滅んだ。シオンのことは残念だが、本当によくやってくれた」

「お前たちこそ、この世界の救世主だ」

王や女王が口々に賞賛する。

「さっそく魔王退治を記念したパレードを行おう。全員、出席してくれるな」

「もちろん。それと褒賞の方も」

ティアナが前に出た。

「おお、当然だ。各国からお前たちに出させてもらうぞ。ありとあらゆる望みを叶えさせてもらう」

王の一人が笑った。

彼は連合国でも中心となっている大国の王である。

いよいよ、ティアナたちの人生が開け始める。

前途洋々だった。

その日の夜は祝宴が行われ、翌日の夜はティアナたち四人だけでちょっとしたパーティを開いた。

「やったー！」

「おめでとうございます♪」

「これでボクたちは全員英雄だね！」

「褒賞がっぽり……名誉も、男も……より取り見取り……」

魔王退治の祝勝会であり、自分たちの前途に対する祝賀会でもある。

「もしシオンが生きていたら、手柄のほとんどはあいつのものになったでしょうね」

ティアナが舌打ちする。

「勇者だからって一人だけチヤホヤされて、あたしたちはおまけ扱い……あー、思い出しただけで腹立つ」

「ティアナさんはシオンさんに告白して振られましたものね」

「あ、それ言わないでよ！　べ、別に本気で好きだったわけじゃないし！　ただ利用してやろうと思っただけだし！」

ティアナは気まずくなって叫んだ。

……正直に言うと、一時期は本気で彼に惚(ほ)れていた。

もともとシオンはティアナと同じ国の騎士団に所属する下級の騎士だった。

当時からすでに国内最強の『聖騎士』として名を馳せていたティアナからすれば、取るに足らない存在だ。

けれど、そんな彼が聖剣に選ばれて勇者となり、目覚ましい戦果を挙げるようになって——自然と彼女の目に留まるようになっていた。

やがてシオンを中心に卓越した剣士や騎士、魔術師たちが『勇者パーティ』を結成し、魔王軍と戦うようになり、ティアナもその一員となった。

おのずとシオンと接する機会が増え、やがて彼に恋するようになった。

純粋な恋心はあったが、打算もあった。

恋心と、『勇者の妻』というステータスと、その両面からティアナはシオンに惹かれていたのだ。

そして、意を決して告白したのだが——。

『魔王を倒すまで、そういった色恋に目を向ける余裕はないんだ』

そう言って、シオンは彼女の告白をきっぱりと断った。

屈辱だった。

今までティアナになびかない男などいなかった。

貴族や大商人の息子も、騎士団のエースも、王族も、多くの男たちが彼女に求愛してきた。

そのうちの十人程度をとっかえひっかえ恋人にしてきたが、誰もティアナを満足させることはできなかった。

自分に釣り合うのは、この世界で最高のステータスを持った男だけ。

世界を救う勇者シオンなら、それにふさわしい――そう思っていたのに。

「ふん、あたしを振った報い(むく)よ。いい気味～♪」

ティアナは鼻歌交じりに笑った。

第2章　聖剣、家出する

その日の朝、魔王城の周辺を散歩していると、前方からヴィラが歩いてきた。

今から出勤だろうか。

「おはよう、ヴィラ」

「っ……！」

挨拶（あいさつ）をすると、ヴィラは急に顔を赤らめた。

「お、おは、おは……よ……う……うゆゆゆ」

なんだか妙にモジモジしているというか、泡食ってるというか……。

「どうした、ヴィラ？」

怪訝（けげん）に思った後、ハッと気づく。

もしかして、俺が『ヴィラ』って愛称で呼んだからか？

「ううう、【魔王（ロード）――】」

まずい、また高火力呪文を連発してくる!?

――かと思ったのだが、

「……ふう」

ヴィラは大きく息を吐き出した。

「お前に愛称で呼ばれるのも、ちょっとずつ慣れてきたぞ」

おお、けっこう冷静だ。

「そっか、それはよかった」

にっこり笑う俺。

「うっ、爽やかな笑顔もかっこいいかも……」

「えっ」

「な、なななななななんでもないっ！」

ヴィラが大慌てで首を横に振った。

どうしたんだ、いったい。

まだまだ、慣れるには時間がかかるってことかな……。

と、そこでヴィラが俺をジッと見つめた。

「ところでシオン……瘴気が漏れてるぞ」

「えっ？」

「だから瘴気だよ。お前の足元から出ている」

ヴィラの指摘に俺はキョトンとなった。

「いやいや、瘴気って」

魔族じゃあるまいし——。

「……って、本当に出てる!?」

俺の足元から紫色の霧みたいなものが出ていた。

瘴気。

魔族が持つ禍々しい『気』——それが形となってあふれたものだ。

「瘴気はあまり多量に放出すると建物を腐食させたり、周囲の生き物の体調に悪影響を与えることがあるからな。抑えたほうがいい」

「これ、どうやって抑えるんだ?」

ヴィラの忠告に俺はたずねた。

「瘴気は一日一回、『魔族体操』を行うことで外に出なくなるぞ」

ヴィラはにっこり笑って説明した。

「魔族体操……」

「体内の気を循環させ、整える効果を持つんだ」

「じゃあ、もしかして……ヴィラもやってるのか、魔族体操?」

「もちろんだ。美容にもいいし」

微笑むヴィラ。

そういうところは、年頃の女の子みたいだな……。

「でも、どうして俺の体から瘴気なんてものが……?」

「……シオンの体に魔族の要素が含まれるようになったのかもしれない」

「えっ」

「この間の邪天竜との戦いでも感じたのだが――シオンの魔力は、人間のそれを大きく上回っている。高位魔族に匹敵するレベルの魔力量に増大しているんだ」

「高位魔族並みの……魔力？」

俺は驚いた。

「どうして、そんな――」

「……おそらく、私がお前を治療したときに体質が変化したのだろう」

と、ヴィラ。

「体質が変化？」

どういう意味だ……？

「お前を治療した際、私は自らの魔力をお前に流し込み、同期させながら、傷ついた肉体と精神を回復させていった。特に精神の損傷が激しく、通常の治癒魔法ではとても回復させられなかったからな……だが」

ヴィラがうつむく。

「どうした？」

「私の魔力を流し込み、お前の魔力と同期させる――それで私たちの魔力が交じり合う結果になったようだ。そして……お前の中には『魔族の因子』が入り込んだ」

「魔族の……因子」

つぶやき、俺はハッとなった。

「俺の体が魔族になった、ってことなのか!?」

「ちょっと待て、確かめてみよう」

慌てる俺に、ヴィラが提案した。

「【分析魔眼(アナライズ)】」

魔法を発動すると、ヴィラの額(ひたい)に三つ目の瞳が現れた。

ヴィィイイイン。

その瞳から発せられた光が、俺の頭のてっぺんから足のつま先までを満遍(まんべん)なく照らしていった。

「よし、分析魔法でシオンの体を調べてみたぞ」

言って、ヴィラは俺を見つめた。

「結論から言うと——お前の体は一部が魔族化している」

「えっ!?」

「ベースはあくまでも人間だ。大部分は元の人間のまま……ただ、その一部に魔族の体組織が混合している。割合でいえば、人間7：魔族3くらいかな」

「けっこう魔族が混じってるんだが……」

「そのせいで体から瘴気が漏れるようになったんだ。まあ、それに関してはさっきも言った魔族体操をやれば大丈夫だろう」

ヴィラが言った。

「あと、無駄に破壊衝動や殺意が湧いてくることがあるかもしれないが、これも魔族体操を定期的に行えば抑えられる」

「いろんなものに効くんだな、魔族体操……」

「あとは定期的な運動とか規則正しい食生活も有効だな」

つまり健康的な生活をすればいいってことか。

「――私を恨むか、シオン？」

ヴィラがふいに暗い顔になった。

「えっ」

「体の一部が魔族になる……その原因を作ったのは私だ。お前を治療したことが、その結果につながったんだ」

「いや、でも、そもそも君が治療してくれなかったら俺は死んでたんだろ？　感謝こそすれ、恨むなんてことはしないよ」

俺は慌てて言った。

正直、驚いたことは事実だ。

ショックも――まあ、少しはある。

けれど、思ったほどのショックでもない。

昔の俺だったら、体の一部が魔族になった、なんて言われたら、汚らわしいとか不吉だと思っただろう。

けれど、今は——こうしてヴィラたちと暮らし、魔族という種族に対する印象自体が大きく変わった。

だから、まあ——。

「要は体質が少し変わった、ってことだろ。それだけだよ」

俺はヴィラに微笑んでみせた。

そう、体が多少変わったところで、俺は俺だ。

何も変わらない。

変わらない——はずだ。

その後、俺は三日ほどヴィラと会わなかった。

俺は何も変わらないし、そもそも魔族に悪印象はなくなってきている——そう認識しているはずなのに、気持ちの方は多少沈んでいたみたいだ。

今は、ヴィラと顔を合わせたくなかった。

顔を合わせれば、自分の体の一部が魔族になってしまったという現実をより実感してしまいそうで怖かったのだ。

「ただ、やっぱり退屈だよな……」

瘴気を抑えるための対策の一つに『適度な運動』があるそうだ。

俺は聖剣を使った鍛練をすることにした。

聖剣を召喚できるだけの魔力がなかなか回復しなかったけど、ようやく元に戻ったからな。

さっそくトレーニング開始だ。

……というわけで、俺は王都の北部にある山の中にいた。

いつものように城の中庭にいると、ヴィラと出くわす可能性があるから、少し離れた場所でやることにしたのだ。

まずは素振りだ。

剣を、振る。

ごうっ！

衝撃波が巻き起こって大地が裂けた。

「これは――」

明らかに威力が上がっている。

もしかして、俺の中に『魔族の因子』が宿ったことで、俺自身の身体能力や魔力に変化が起きたんだろうか？

「――なるほど。新たな段階に踏み込んだようだな、当代の勇者シオンよ」


「えっ……？」

すぐそばで声が聞こえた気がしたけど、周囲には誰もいない。

「もしかして……」

俺はハッと気づいた。

「聖剣……が？」

次の瞬間、
ヴーンッ……！

聖剣から放たれた光が、人型のシルエットを形作った。

外見は二十代半ばの青年といった感じか。

どこか冷徹さを感じさせるほど整った顔立ち。銀髪碧眼（へきがん）、白いローブをまとった長身の青年だった。

「こうしてお目にかかるのは初めてだな。聖剣ファリアレイダに宿る存在――それが私だ」

彼が名乗った。

「それって、聖剣の精霊……みたいなものか？」

「ふむ。正確ではないが似たようなものかもしれないな」

彼がうなずく。

「聖剣——って呼び方もアレだな。ファリアレイダだから……ファリアって呼んでもいいか？」

「好きに呼べばいい」

言いつつ、彼の口元にかすかな笑みが浮かんだ。

「ん、どうかしたか？」

「いや、私にはもともと名前などないからな。ファリアレイダは本来、聖剣の名前。私自身に呼び名は何もない」

告げる青年。

「君に呼ばれて、こう感じたのだ。『名前がある』というのは、なかなか嬉しいものだと」

「はは。じゃあ、これからもファリアって呼ぶよ」

「うむ、呼んでくれたまえ。存分に」

冷徹に見えた表情がかすかにほころび——さっきより、ずっと取っつきやすく見えた。

「私の声が聞こえ、私の姿を具現化できる——ということは、聖剣が新たな段階に進んだことを意味する。それはつまり、君の勇者としての力が増大している証でもある」

ファリアは嬉しそうに言った。

「その力を以てすれば、今度こそ魔王ヴィラルヴォードを討つことができるだろう」

「っ……！」

俺は言葉を失った。

魔王を討つ――それはつまり、ヴィラを殺すということだ。

「どうした、シオン？」

ファリアが首をかしげた。

「魔王を討つ。それが勇者の目的であり使命だろう」

「使命……か」

正直、俺は戦う理由を完全に見失っていた。

現状、人間界における人類と魔王軍の戦争は休戦状態になっている。

魔族の人間界における領土である『魔王国』は周囲を結界に覆われており、これを破壊しない限り、人間たちは攻め入ることができない。

その結界を切り裂く唯一の力を持っているのが――そう、俺の持つ聖剣ファリアレイダだ。

聖剣を持つ俺が魔界に滞在している間、人間たちは容易に攻め入ることができないのだった。

だから今後の戦争の行方は、俺の動向が大きくかかわってくる。

もし俺が魔界から人間界に戻り、『魔王国』の結界を切り裂けば、すぐに人類と魔王軍の戦争は再開されるだろう。

俺は、これからどうしたらいいんだろうな……。

ヴィラと一緒に過ごすうちに、ずっとこんな時間を過ごせたらいいのに、と思うようになっていた。

魔界で過ごした時間は二か月にも満たないけれど――。

俺の人生で、こんなにも穏やかで優しい時間は初めてだった。

自分自身への問いかけに答えを見いだせないまま、俺はいったん鍛練を終えた。

とりあえず体がなまらないように、一通りのトレーニングをした感じだ。

聖剣を異空間に返すと、ファリアも姿を消した。

聖剣をこっちの世界に呼び出している間なら、ファリアもこの世界に出てくることができるそうだ。

――飛行魔法で魔王城に戻ると、

「シオン！」

薄桃色の長い髪をなびかせながら、ヴィラが走ってきた。

呼吸も荒く、どこか必死な様相だ。

「どうかしたのか、ヴィラ？　様子が――」

「『どうかしたのか？』は私の台詞(せりふ)だ！」

ヴィラが叫んだ。

やけに動揺している様子に、俺はますます戸惑った。

「急に城からいなくなるから……どこに行ったのかと思った。心配したぞ」

「ああ、ちょっと一人で考える時間がほしかったし、今日は鍛練に行ってたんだ。あらかじめ君に断っておいた方がよかったかな？　悪かった」

俺が言うと、ふいにヴィラが黙り込んだ。

うつむき、肩を震わせている。

「はあ、よかったぁ……」

いきなり、その場にへたり込むヴィラ。

「もう人間の国に帰ったのかと」

「……なんか涙ぐんでないか、ヴィラ？」

「っ……！」

慌てたように顔を上げるヴィラ。

やっぱり目の端に涙がにじんでいた。

「……悪かったよ。次からは事前に言ってから、鍛練に出かけるから」

「いや、私こそすまない。自分でも呆れるほど動揺してしまった」

ヴィラが微笑む。

「シオンがここにいてくれてよかった」

「ヴィラ……」

「……これからも、ここにいてほしい……」

ぽつりとつぶやくヴィラ。

胸の鼓動が高鳴る。

「俺は――」

ヴィラといると気持ちが癒やされる自分に気づいていた。

勇者パーティにいたころは一度も抱かなかった感情だった。

彼女と一緒にいると、気持ちが安らぐんだ。

人間界から遠く離れた魔界にいるっていうのに……まるで、この世界こそが自分の故郷であるかのような錯覚を抱くときがある。

「俺も、この場所にいたい」

今――俺は、自分の気持ちにはっきりと気がついていた。


その日の夜。

「俺は、魔王を討つつもりはない」

自室で聖剣を召喚してファリアを呼び出すと、俺は開口一番にそう言った。

「……今、なんと言った？　どうも聞き間違えたようだ」

ファリアの顔がわずかに引きつっている。

「俺は魔王を討たない。今は人間界に戻る方法がないし、魔界で平和に暮らしていきたいんだ」

「やはり私の聞き間違いのようだな……勇者である君が、魔族と戦わずに魔界で平和に暮らす？　冗談にしても面白くないな」

「聞き間違いじゃないし、冗談でもない」

俺はファリアを見つめた。

「本気だ」

「シオン――！」

「俺はここに来て、魔王ヴィラや他の魔族と接して――それまで抱いていた魔族に対する印象が変わった。今まで知らなかった魔族の事情も知った。もう俺は――魔王軍と戦いたくないし、戦う必要性も感じない」

俺は熱を込めて言った。

「宿敵だったヴィラとも和解した。一緒に、平和に暮らしていく方法を探していきたいって思ってるんだ」

「勇者が魔王と手を組むというのか――」

ファリアの顔色が変わった。

「恥を知れ！」

怒声を上げる。

「だいたいなんだ、君は！　体に瘴気などまとって！　まるで体まで魔族になったようではないか——って、瘴気⁉」

ファリアが驚いたように俺を見つめる。

「それ……瘴気だな？」

「あ、えっと……そのうち漏れなくなると思う」

しまった、俺の体に『魔族の因子』が宿ってることを知られると、よけいに話がややこしくなるぞ……。

「どういうことだ」

ずいっとファリアが顔を近づけてきた。

「い、いや、ほら、最近体調が悪くて瘴気が出ちゃうみたいなんだよな、はは」

「人間の体は瘴気を吐き出すようにはできていない」

「た、体質じゃないかな」

「じー」

ファリアはものすごいジト目だった。

「……実は」

俺は観念して事情を話した。

「なんということだ！　勇者ともあろう者が、心を魔族に売り渡しただけでなく、体にまで『魔族の因子』を宿しただとっ！」

案の定、ファリアはキレた。

「いや、これは事故みたいなものなんだ。怒らないでくれよ、ファリア」

「…………」

「ファリアってば」

「つーん」

子どもみたいな拗ね方するな、こいつ。

「どうしたんだよ、ファリア」

「……気に入らん。実に気に入らん」

「えっ」

「正義の勇者ともあろう者が、魔族の因子を受け入れるとは何事だ」

ファリアは怒っているようだった。

「そう言われても、体に支障はないし……むしろ以前より調子がいいくらいだからさ」

「やはり気に入らん！」

ファリアが叫んだ。

「私は勇者に振るわれるべき聖剣だ。それが魔族の因子を宿した者に使われるなど、我慢ならない！」

「お、おい、ファリア——」

そんなこと言われても、今さらどうしようもないことだ。

「私は、君に力を貸したくない。さらば！」

ぎゅんっ！

いきなり聖剣が浮かび上がり、すごい速さで空中を飛んでいく。

「お、おい、待てよ——」

「探さないでください！」

「えっ」

「いいか！　絶対だぞ！　絶対探すなよ！」

子どもみたいに言い放ち、あっという間にどこかへ飛び去ってしまった。

「あ、行っちゃった……」

これって聖剣が家出（？）したってことじゃないか。

「どうしよう……」

俺は途方に暮れた。

一週間が過ぎた。

「あー……ファリアの奴、全然戻ってこないな」

仕方がないので聖剣なしでトレーニングしているが、やっぱりあいつがいないと勇者としてのアイデンティティとか、なにかと……困る。

俺なりにファリアの行方を探したり、聖剣を探知できないか試したんだけど、あいつの居場所を見つけることはできなかった。

今ごろ、どうしてるんだろう――。

「どうしたんだ、シオン」

考え込みながら城の廊下を歩いていると、ヴィラが声をかけてきた。

こうして話すのは久しぶりだ。

ファリアがいなくなってから、俺はしばらく彼女を避けていたからな。

「何か悩んでいるようだが？」

「別に……なんでもないよ」

俺は思わず視線を逸らしてしまった。

聖剣が家出しました、なんて格好悪すぎて言えない。

「なんでもない、という顔ではないな」

ヴィラが心配するように言った。

「私でよければ話を聞くが」

「い、いや、本当になんでもないから」

言ったところで、と俺は悩んだ。

……うーん、誰かに話を聞いてほしいのも確かなんだ。

そして、ここでそういう話をできる相手はヴィラしかいない。

「やっぱり、ちょっと聞いてもらってもいいか？」

「もちろんだ。シオンは私の恩人だからな。私にできることは、なんでもしたい」

微笑むヴィラ。

「悩んだ顔より笑顔でいてほしい」

「いい奴だなぁ……」

胸が熱くなった。

俺に対する恩を返したい、という言葉は、今までにも一度ならず言われたことがあった。

そんな義理堅さはヴィラの魅力だ。

女性としての魅力ではなく人格的な——。

「ありがとう、ヴィラ」

礼を言って、俺は聖剣が家出したことをヴィラに話した。

「なるほど、そんなことが」

「聖剣に逃げられた勇者なんて前代未聞だよな……」

「うむ。少なくとも私は聞いたことがないな」

深くうなずくヴィラ。

「まあ、シオンはかなりイレギュラーな存在になってしまったからな。予期せぬトラブルもあるだろう」

ぽんと俺の肩に手を置き、ヴィラが微笑む。

「このまま放っておけば、そのうち帰ってくるかな？」

「いや、それはどうだろう？　放置しとくのはあまり良くないと思うぞ」

「あいつ、かなり頑（かたく）なな感じだし、話し合いができそうな雰囲気じゃないんだよ」

「だとしても、話はするべきだと思う」

ヴィラが身を乗り出した。

真剣な顔だ。

「一つ話をさせてくれ。私には——かつて友がいた。まだ私が魔王になる前の話だ」

「ヴィラ……？」

「私と同じ『王族級』の魔族で、次期魔王候補の一人だった。だが、次期魔王の座を巡っての争いになった際、いろいろあって彼女と決別してしまった。喧嘩やすれ違い、意見の相違……そういうものが重なった結果だ。ただ——もし、あのときもっと話し合っていれば、今でも親友でいられたかもしれない」

ヴィラの表情は悲しげだった。

「失われてしまった想いはもう戻らない。彼女とは二度と会うことはないだろう。今でも悔やんでいる……」

「そんなことが……」

当時のことを思い出しているのか、彼女はますます悲しげな表情になった。

魔王という厳めしい肩書きとは裏腹に、本当のヴィラはきっとすごく繊細な女の子なんだろう──。

思わず守ってあげたくなるような、そんな表情だった。

「だから、シオンには後悔しない道を選んでほしいんだ。私と違って、お前はまだ間に合うだろう?」

ヴィラがさらに身を乗り出す。

「聖剣はお前にとって、長く戦いをともにしてきた──戦友であり、親友ではないのか?」

「……そうだな」

俺は顔を上げた。

凹んでいる場合じゃないし、ためらっている場合でもない。

今は行動すべき時なんだ。

「ありがとう、ヴィラ。後押ししてくれて」

「見ていられなかっただけさ。昔の私と今のお前の姿がどうにも重なってな」

「感謝するよ」

俺は彼女の手を取り、礼を言った。

照れたのか、ヴィラの頬が赤くなった。

※

ファリアこと聖剣ファリアレイダの精霊は怒っていた。

「まったく……魔族の因子を宿す者が、この聖剣ファリアレイダを振るうとは……ああ、汚らわしい」

彼は、魔族が嫌いだ。

それは感情的な問題ではなく、もっと深いもの――生物で言えば『本能』に属するものだった。

なぜなら彼は聖剣であり、戦女神リゼルによって『魔族を滅する』ために作られた存在なのだから――。

彼が魔族を憎むのは『そう作られているから』と言える。

「あんな奴は勇者にふさわしくない。この私を振るうことは二度と赦さんからな……むむむ」

口を尖らせる。

外見はクールな美青年で、大人びた雰囲気を持つ彼だが、実際の精神性は子どもっぽいところがあった。

端的に言えば、ファリアは拗ねているのである。

「しかし、これからどうするべきか」

ファリアは自身の本体である聖剣を背中に担ぎ、王都の通りを歩いていた。

あてはない。

「いっそ、戦女神リゼルに直訴して、新しい勇者を選んでもらうか」

それもいいかもしれない。

が、女神への直訴となれば、人間界まで移動し、リゼル大神殿に行く必要がある。

「どうすれば魔界から出られるのか……むむむ」

「きゃぁぁぁぁ……っ」

思い悩んでいたそのとき、遠くから悲鳴が聞こえてきた。

「ん、あれは――」

ファリアは飛行魔法で王都の外れまで飛んだ。

ぎゃおおおおおおおるるるうううっ！

全長十メートル以上ありそうな赤いサイ型のモンスターが、城壁の破れ目から内部に入ってくる。

「『ブラッドライノ』……確かSクラスのモンスターだな」

王都周辺ではいまだに魔王と他の魔族勢力との戦いが絶えず、王都の城壁もこうして壊れたままの場所がいくつもあるらしい。

　王都の内部に入ってきた巨大モンスターを前に、付近の住民が逃げ惑っている。

「ひいいっ、助けて……」

　そのとき、数十人の魔族が飛行魔法でやってきた。

　王都の各所に配備された防衛用の魔族部隊だろう。

「そこまでだ、モンスターめ！」

「撃てぇっ！」

　魔族たちがいっせいに魔法弾を撃ちこむ。

　が、ブラッドライノは巨体を揺すっただけで、それらを弾き返してしまった。

「ひ、ひいっ、こいつ強い――」

　あっという間に蹴散らされる防衛部隊。

　ブラッドライノは彼らを一蹴した後、ふたたび歩き出した。

　前方に逃げ遅れた魔族を発見し、襲いかかる。

「ぎゃぁぁぁぁっ……！」

　悲鳴が、響き渡った。

「――ふん、魔族などモンスターに食われてしまえばいい」

　ファリアはつぶやいた。

　彼にとって魔族は敵でしかない。

これまで聖剣として歴代勇者の相棒となり、数々の魔族と戦ってきた。

その戦いの中で、魔族がどれだけの人間を傷つけ、殺してきたか──。

ファリアはずっと見てきたのだ。

だから、その魔族が『襲われる側』に回っても、可哀そうだとも、助けたいとも思わなかった。

「助けてぇぇぇ……」

「お前たちに助けを求める資格などない」

ファリアは空中で冷然とつぶやく。

「今までお前たちが罪なき人々を殺してきたように、今度はお前たちが殺される番だ」

と、

「あれは──シオンか」

飛行魔法で一人の剣士が飛んでくるのが見えた。

シオンだ。

「襲われている魔族を守るつもりか？　私なしで？」

シオンの能力はあくまでも『聖剣ありき』である。

聖剣のない彼は、せいぜいが一流から一流半くらいの剣士。

対する相手は、モンスターとしては最上級のSクラスである。強さで言えば『貴族級』の魔族に匹敵する。

今のシオンでは、勝つのは難しいだろう。

「それでも戦う気か……ふん」

「こいつは俺が食い止める！　みんな、早く逃げろ！」

だが、シオンは躊躇する様子を見せなかった。

まったく迷わず、まったく惑わず、一直線にモンスターに向かっていく。

襲われている側の魔族を助けるために。

――とはいえ、戦いは簡単にはいかなかった。

『ブラッドライノ』の巨体を活かした突進を前に、シオンは防戦一方だ。

攻撃魔法主体に戦っているが、火炎や雷はいずれもモンスターの分厚い装甲皮膚に跳ね返されてしまう。

「なら、剣で――」

シオンが『ブラッドライノ』に剣で切りつけるが、
ばきんっ……！

その剣は半ばから折れてしまった。

「硬い――」

シオンが持っているのは、それなりの業物のようだったが、それでもあのモンスターの装甲を切り裂くには力不足のようだ。

ぐおおおおんっ。

モンスターが雄たけびを上げ、口から雷撃を吐き出した。

「ぐあっ……」

避けきれずに吹き飛ばされるシオン。

彼の攻撃は相手にダメージを与えられず、相手の攻撃は彼に大きなダメージを与える。

これでは、いくらシオンが強くなったといっても勝負にならないだろう。

「まだだ……みんなが逃げる時間を稼ぐんだ……」

それでも彼は立ち上がり続けた。

「シオン、君は──」

ファリアは彼の表情にハッとなった。

懸命で、必死で。

人を守るために魔王軍と戦っていたときと、まったく同じ顔をしている。

彼にとって守るべき対象は人間だけではない。

きっと、虐げられるすべての命が対象なのだ。

そして、そんなシオンだからこそ──ファリアは彼を相棒だと認めた。

いつの間にか、ファリアはシオンの戦いぶりに惹きつけられ、目が離せなくなっていた。

勇者でありながら、汚らわしい魔族の因子を宿した男──。

その忌まわしい事実が、だんだんと心の中から薄れていく。

「まったく……見ていられないな」

ファリアは彼に向かって歩いていく。

「私がいないと何もできないんだろう、シオン？　ふふ」

その口元にかすかな笑みが浮かんだ。

※

駄目だ、有効な攻撃の手段がない。

俺は苦い思いをかみしめながら戦っていた。

奴の装甲の前に剣は折れ、魔法も通じない。

聖剣さえあれば――。

つい、そんなふうに考えてしまう。

「やはり私がいないと駄目だな、君は」

えっ……!?

ファリアが、そこに立っていた。

「……私はこれまで何人もの勇者の相棒として、多くの人々を魔族から守ってきた」

うつむいて告げるファリア。

「魔族は私にとって憎むべき敵だった。だから、そんな魔族と手を組む君が許せなかった。君は、変わってしまったのだと思った」

「ファリア、俺は――」

「だが君は何も変わっていなかったのだな。守るべき相手が人間であろうと魔族であろうと、命を懸けて剣を振るう――『誰かを守るための剣』を」

ファリアが顔を上げる。

その顔は微笑んでいた。

目の前に光があふれた。

次の瞬間、俺の足元に輝く剣が突き刺さっていた。

「ファリア――」

聖剣ファリアレイダ。

勇者だけが使うことのできる神造武器。

「さあ、私を手に取れ」

促され、聖剣の柄を握った。

しゅおおおおおおおおおおおおおおおおんっ。

「これは――!」

力が湧き出してくる。

「私自身も知らなかった機能……なんだ、これは……!?」

ファリアも戸惑っているようだ。

ぱき……ぱきん。

聖剣の各所が変形し、新たなフォルムを発現する。

白銀の長剣は、銀と黒の二色に彩られた大剣へと姿を変えていた。

「【聖魔融合】モードを起動――」

ファリアが告げた。

「えっ……？」

「勇者としての聖なる力と魔族の力……相反する二つを同時に発現した形態。私も話には聞いていたが、まさか実際に発現可能だとは……理論上だけの存在だと思っていたぞ」

「聖魔……融合」

俺は新たな聖剣を構えた。

聖剣から伝わってくる『力』の桁が違う。

今なら天空や大地すらも切り裂けそうな――圧倒的な『力』の感覚があった。

「いける――」

俺は新しい聖剣を構えた。

先ほどまで使っていた鉄の剣では、目の前のモンスターには歯が立たなかった。

だけど、この剣なら――。

「やれる！」

一歩を踏み出す。

一撃を繰り出す。

それで、決着はついた。

ざんっ……！

繰り出した斬撃は青白い衝撃波を伴い、モンスターの装甲を紙のように易々と切り裂き、両断した。

※

場面変わって、人間界――。

その日、ティアナが城を訪れると、中庭にある広大な庭園からすすり泣く声が聞こえてきた。

「この声――」

そちらに向かうと、一人の女がうずくまって涙に暮れている。

「非業の死を遂げた勇者シオン……本当においたわしい……」

彼女……王女メリーアンは嗚咽していた。魔王との最終決戦が終わって二か月が経つが、毎日この状態である。

「姫様、どうかお気を強くお持ちください」

声をかけるティアナ。

「ティアナ……」

涙にぬれた顔を上げるメリーアン。

彼女がシオンに惚れていたことを、ティアナはよく知っていた。

「あたしでよければ、いくらでもお話を聞きます」

「……では聞いていただけますか、ティアナ」

メリーアンがジッとティアナを見つめる。

「なんなりと」

「わたくし、古文書を調べたのです」

メリーアンが言った。

「禁忌と呼ばれるものも含めて——王族の特権を行使して」

「姫？」

突然なんの話だろう、とティアナは怪訝に思った。

「古代の勇者伝説にこうありました。勇者の命を犠牲にすることで魔王に大ダメージを与える術式がある、と」

「っ……！」

ティアナは思わず息をのんだ。

「あなたはご存じでしたか、この術式の存在を」

メリーアンがティアナを見つめる。

ティアナは答えられなかった。

（まさか――あたしたちがシオンを自爆させて殺したことに気づいているのか？）

いや、下手なことを言えばボロが出るかもしれない。ここはしらばっくれておこう。

「勇者を犠牲にして発動するなんて、おぞましい術式ですね」

ティアナはイエスともノーとも言えず、悲しげな表情を作って告げる。

「姫様、なぜそのような調べものを？」

そして、話題を逸らしてみた。

「……質問をしているのはこちらですよ、聖騎士ティアナ」

メリーアンの表情がこわばった。

まずい。

背中をぬるい汗が伝う。

姫は、ある程度感づいているのかもしれない。

いや、自分たちを疑っているのかもしれない。

もしも、ティアナたちがシオンを犠牲にして魔王を倒したことが明るみに出たら――どうなるだろうか？

姫の追及から逃げるようにして、ティアナはその場を去った。

すぐに他の三人と連絡を取り、集まる。

「姫に疑われてるですって？」

「ええ。あたしたちが勇者を犠牲にして魔王を倒したんじゃないか、って探りを入れられたの」

大聖女カトレアの問いにティアナが答えた。

「いや、探りなんてものじゃないわ。あれはもう追及といっていい。あたしたちがやったことを確信しているかもしれない」

「バレたら……大罪人だよね」

「でも、私たちが世界を救ったのは事実……魔王を倒したから、大目に見てもらえるかも……」

焦る弓聖イングリットと、淡々と語る極魔導師ユーフェミア。

「それが──魔王は死んでいないかもしれません」

カトレアが不安げな表情で言った。

「まだ噂の段階ですが、魔王の生存が疑われる『何か』が見つかったとか……」

「は？」

衝撃の事実に、ティアナは思わず目をむいた。

「魔王が……生きているっていうの？　そんな馬鹿な！」

シオンを自爆させ、魔王を完全に倒したはずだ。

あの状況で助かるなどあり得ない。

そもそも、あの場から勇者や魔王の反応は完全に消えたのだ。

「仮に魔王が生きているとしたら——先ほどイングリットさんがおっしゃったように、わたくしたちは大罪人ですわ」

「勇者をだまし討ちしちゃったからねー、ボクたち」

「卑劣な勇者殺し……世間の反応は手のひら返し……」

イングリットとユーフェミアがそろってうなずく。

ティアナは不穏な予感を覚えていた。

輝かしい未来が待っていると信じていたのに、それが音を立てて崩れようとしている——そんな、不吉な予感だった。


数日後、ティアナたち四人はメリーアンに呼び出された。

場所は王城の一室だ。

「あなたたちがしたことを知りました」

部屋に入るなり、メリーアンがティアナたちをにらみつけた。

切れ長の目には怒りの炎が宿っていた。

「勇者シオンが魔王との戦いで非業の死を遂げたという——その真相を」

「っ……！」

ティアナは息をのんだ。

やはり、感づかれている。

いや、すべてを知られてしまったのかもしれない。

ティアナたち四人がシオンを『自爆』させ、魔王もろとも葬ったことを——。

「姫様、何を仰っているのか、あたしたちには分かりかねますが……」

「お黙りなさい！」

しらを切るティアナに、メリーアンが怒声を上げた。

気弱でおとなしい彼女が、信じられないほどの怒気をあらわにしている。

「わたくしの愛しいシオン様をよくも……よくも……！」

「落ち着いてください。姫様は誤解なさってます」

「黙れと言っているのです！」

メリーアンの視線には、もはや怒気ではなく敵意が込められていた。

「このことをさっそく連合国会議に告発します。あなたたちは魔王退治の英雄などではない。勇者殺しの大罪人よ！」

「……ですが魔王を倒したのは、あたしたちです。姫」

ティアナが王女をにらみつけた。

もはやシオンを殺したことは隠せない。

　だが、自分たちに罪が及ぶ状況は絶対に避けなければならない。

　こうなったら『ティアナたちが魔王を倒して世界を救った』という功績を前面に押し出すしかない。

「魔王を倒した？　残念ながら、魔王は生きていますよ？」

「えっ」

　メリーアンの言葉にティアナは絶句した。

「昨日、魔王国付近に放っている我が国の斥候が報告してきたのです。魔王のものと思われる固有の魔力波形が感知された、と」

　では、やはり――。

　先日カトレアが危惧していた通り、魔王ヴィラルヴォードは生きていたのだ。

　まだ戦いは終わっていない。

　世界はまだ――勇者の力を必要としている。

　なのに、自分たちは勇者シオンを手にかけてしまった。

　自爆に見せかけて、殺してしまった。

「じ、じゃあ、あたしたちがやったことは無駄に終わった……!?」

「これで分かったでしょう？　あなたたちは勇者を殺した。魔王軍との戦いに大きな痛手をこうむった。人類全体の損失です」

「ぐうっ……」

ティアナは二の句が継げなかった。

まずい。

まずいまずいまずいまずい……。

心の中が焦りで満たされる。

「ですが、それを知っているのは姫様一人——」

ティアナはふいに表情を変えた。

心の奥からドス黒い感情が芽生えてくるのを感じる。

殺意、だった。

しゃきん、と鍔鳴り(つばな)の音とともに、ティアナは剣を抜いた。

「ち、ちょっと、ティアナさん！　何をするつもりですの⁉」

「や、やりすぎだよ、ティアナ！」

「それはまずい……」

と、仲間たちが制止しようとする。

「ここまできたら——やるしかない！」

ティアナが叫んだ。

「姫に告発されたら、あたしたちは全員が大罪人よ。ここでこいつを殺す！」

「ひ、ひいっ……」

メリーアンが後ずさった。

「逃がさない」

ティアナは剣を手に近づいていく。

「くっ……！　【竜召喚】！」

メリーアンが叫んだ。

右手の指輪がまばゆい光を放つ。

「あの指輪――ドラゴンを召喚する魔導具か!?」

さすがに王族だけあって、レアな護身用魔導具を持っているようだ。

ごばあっ！

背後の壁が崩れ、その向こうからメリーアンを守るように巨大な竜が三体現れる。

「【炎皇破（レーヴァフレア）】」

ユーフェミアが高レベルの火炎魔法を放ち、竜を一体撃ち抜いた。

『極魔導師』の二つ名に恥じない、すさまじい威力の魔法だ。

残り二体――。

「わ、わたくしを乗せて飛びなさい！」

メリーアンはそのうちの一体に跨（またが）った。

竜が翼を広げて飛び上がる。

「逃がさない！　【轟連射（ごうれんしゃ）・百花繚乱（ひゃっかりょうらん）】！」

イングリットが素早く弓を取り出し、数十本の矢をまとめて放った。

左右の翼を射貫（いぬ）かれ、落下していく竜。

こちらも『弓聖』の二つ名にふさわしい技量だった。

「【神霊縛鎖（ホーリイギアス）】！」

さらにカトレアが、これも高レベルの拘束呪文を唱えて、メリーアンを縛り上げる。

『大聖女』と呼ばれる彼女の拘束呪文からは、たとえ高位魔族でも逃げられない。

「ここまでよ」

ティアナが剣を振りかぶった。


周囲に、血の匂いが立ち込めている。

「ふうっ、なんとか口封じできたわね」

一刀のもとに斬り捨て、物言わぬ死体となった王女を見下ろし、ティアナがつぶやく。

他の三人は青ざめた顔だった。

「どうしたの？」

「『どうしたの？』じゃありませんわ！　わたくしたち、王女殺しという罪を犯したんですのよ！」

「今さらでしょ。あたしたちはすでに勇者殺しという世界的な犯罪に手を染めているんだから」

ティアナはふんと鼻を鳴らした。

「今さら王女殺しくらいが何？　毒食わば皿までよ」

このとき、彼女は気づいていなかった。

すでに――彼女たちには未来など訪れないのだということを。

破滅への道のりが、ただ続いているのだということを――。

第3章 暗黒騎士シオン

「反乱がやまない……」

城内の執務室で、魔王ヴィラルヴォードことヴィラは苦い思いでつぶやいた。

王への反乱。

それはすなわち、ヴィラを魔王として認めないという意思表示でもある。

先代魔王に比べ、彼女が魔王になってから、明らかに反乱の数は増えていた。

先代の治世とは魔王と魔界の有力者たちのパワーバランスが異なるため、一概にヴィラが先代魔王より劣っていると言えるわけではない。

それでも——彼女は反乱の増加という事実に対し、先代魔王への劣等感をずっと抱き続けていた。

同時に、自分自身に対する不信感も。

「あたしは……魔王にふさわしくないの？」

机の前に座ったまま頭を抱え、自問する。

「教えてください、お姉さま……本当はあたしよりお姉さまの方がずっと……」

かつて最強の魔王候補を呼ばれた姉の顔が浮かんだ。

自分は、しょせん姉の代役だ。

魔王になってからも消えない劣等感が、最近は特に刺激されている気がした。

「あたしには魔王としての力量が足りない……それが、民の思いなの……？」

それは、答えの出ない問いかけだった。

魔王になってから、もう何万回この問いかけを繰り返しただろうか。そのたびに胸が苦しくなり、自分への無力感で押しつぶされそうになる。

「力が欲しい――」

切実に思う。

単純な戦闘能力や魔法能力などではなく『王としての力』が欲しいと。

「どうした、ヴィラ？」

シオンがやってきた。

ヴィラを見て、心配そうな表情を浮かべる。

「思い悩んでるみたいだな」

ギクリとして表情をこわばらせる。

「……なんでもないさ」

ヴィラはつとめて明るい表情を作り、首を左右に振った。

王たるもの、他者に悩みや弱みを見せるわけにはいかない。

それはヴィラの、魔王としての矜持だった。

だが、

「前にファリアが家出したとき、相談に乗ってくれただろ？　だから今度は俺の番だ」

シオンは、優しかった。

初めて出会うタイプの青年だった。

優しく、強く、そして——凜々しい。

勇者と魔王——宿敵同士として何度も相まみえたときには分からなかったが、いざこうして戦いから離れた関係になってみると、それを強く感じる。

『宿敵』ではなく『一人の異性』としての彼に、心をときめかせている自分がいるのを否定できなかった。

（な、何を考えてるのよ、あたし……！）

自然と頬が熱くなるのを感じた。

「もちろん、ヴィラが話したければ、だよ。無理に聞き出すつもりはない」

「……私は」

ごくりと喉を鳴らす。

ヴィラは一度うつむき、それから顔を上げた。

「私は……魔王にふさわしい器なのだろうか」

思い切って話してみた。

他の誰にも打ち明けたことのない悩みだが、シオンには不思議と話す気持ちになっていた。

聞いてほしいという衝動が、自然と湧き出てきた。

──ヴィラことヴィラルヴォードは王族級の魔族として生を享(う)けた。

強大な魔力を持っていたものの、戦いは苦手であり、おとなしい性格の文学少女だった。

そんな彼女には姉が一人いた。

ネフェルヴォード──ネフェルは当代最強と呼ばれた魔族であり、次期魔王候補の筆頭と目(もく)されていた。

ヴィラにとって、姉は誇りだった。

だが、とある事件が起こり、姉はあっけなく世を去った。

ヴィラたちの一家を別の有力者魔族の手勢が襲い、ネフェルはヴィラをかばって命を落としたのだ。

「そんなことが……」

黙って話を聞いてくれたシオンは、最後に大きく息を吐き出した。

「姉のようにはなれないけど……だけど、姉が目指した魔王に、少しでも近づきたいと思っている」

ヴィラがうつむいた。

「なかなか上手(うま)くいかないけどな、はは」

「……俺も『目指している人』がいるよ。姉じゃなく他人だけれど」

シオンが微笑んだ。

今度は彼が、自分の過去をヴィラに話してくれた。

シオンは子どものころ、魔族に故郷を襲われたのだという。

その際、一人の女騎士が彼を守って命を落とした。

以来、シオンは彼女のように『命を懸けて他者を守る』ための剣を振るっている──。

「……そうか」

それを聞いたヴィラが目を伏せると、シオンが慌てたように両手を振った。

「いや、だからといって魔族全体に恨みを持っている、というわけじゃないんだ。ヴィラたちのことは好きだから」

「そう、か……」

ヴィラはそれを聞いて、ホッと安堵する。

それから小さく微笑み、

「ふふ、私たちは案外似た者同士かもしれないな」

「違いない。俺たちは共鳴できるところがあるかもしれない」

シオンも笑顔になってくれた。

「だから、君が苦しいときは俺に話してくれ。一人で抱えこむことはないんだ。俺だけじゃなくて他の誰でもいい。いくらでも頼ればいい」

彼の言葉には真心がこもっていた。

ヴィラのことを心から思いやり、心配してくれているのが分かる。

（ああ、シオン……）

とくん、と心臓の鼓動が自然と高鳴った。

彼に対する感謝はある。

彼が側にいてくれてよかったという安堵感もある。

だけど、それだけではない。

ヴィラは、彼に――、

「頼って……いいの？」

衝動的に問いかけていた。

心臓の鼓動が、さらに高鳴った。


数日後、新たな反乱が起こった。

貴族級の魔族であり、王国の東方面に勢力を持つ『赤き剣魔グローセル』が王都に攻め入ってきたのだ。

今までならヴィラが先陣を切って反乱の鎮圧にあたっただろう。

そうすることで魔王としての求心力を少しでも上げようと、やっきになっただろう。

だが、もう迷わない。

彼女には頼もしい相棒がいるのだから。

ヴィラは、さっそくシオンにこれの鎮圧を命じた。

※

王都の東方面を守る城塞に、魔界の有力者の一人──『赤き剣魔グローセル』の軍団が迫っていた。

赤茶けた荒野を埋め尽くす人型や獣型、不定形などの各種の魔族たち。その数は一万。

そんな大軍を前に、俺は城門から一人進み出る。

「魔王様への反乱は重罪だ。俺に討たれるか、武器を捨てて降伏するか──選べ」

漆黒の騎士鎧姿の俺は聖剣を手に告げた。

この鎧は魔王直属の配下であることを示すものだ。

俺は今、魔王の命を受けて反乱軍鎮圧に出向いているのだった。

「おのれ、何者だ!」

「降伏だと、ふざけるな!」

敵軍は攻撃態勢を解かない。

なら、俺がやることは一つだ。

「ヴィラのために——」

先日、俺の前で悩みを打ち明けてくれた彼女の顔が浮かぶ。

気丈に振る舞っていたけど、もしかしたら心の中では不安で泣いていたかもしれない彼女の顔が。

「準備はいいか、ファリア。【聖魔融合モード】起動」

「了解だ、シオン」

俺の手にした剣が黒い光に包まれ、銀と黒に彩られた新たな聖剣へと変化する。

そして、一閃。

生じた衝撃波は奴らが数十層にもわたって張り巡らせた防御結界をすべて切り裂き、奴らが迎撃に放った数百の攻撃魔法をすべて消し去った。

さらに一閃。

「ぐああっ……!?」

歩兵たちを次々に斬り伏せていく。

奴らが手にした剣や槍は、俺の聖剣に触れるだけで次々に切断され、あるいは砕け散る。

戦いにすらならない、一方的な展開だった。

「つ、強い……強すぎる……！」

「剣でも魔法でも、まったく歯が立たん！」

魔族たちが後ずさる。

「お、おのれ……」

赤い鎧をまとった騎士が進み出た。

燃えるような赤毛の美しい少年騎士。

騎乗している馬は全身から炎を発していた。

こいつが『赤き剣魔グローセル』か。

魔王に準ずる力を持つ『貴族級』の高位魔族だ。

「この僕が直々(じきじき)に相手をしてやろう！　うおおおおっ」

グローセルが馬を駆けさせ、超速で突進してきた。

まさしく人馬一体。

数百メートルの距離を一瞬にして詰め、俺に肉薄する。

「死ぬがいいっ！」

斬りかかってきたグローセルを、

「【九天崩撃斬(エルシオンエンド)】——」

俺は聖剣の奥義を発動し、一刀のもとに斬り捨てた。

「ば、馬鹿な……この僕の目にも……貴様の剣……見えなかっ……」

どさり。

落馬し、地面に倒れるグローセル。

いかに貴族級といえども、魔族の力をも得てパワーアップした俺と、その俺に力を貸してくれる聖剣ファリアレイダの前では敵じゃない。

いちおう急所は外しておいたし、高位魔族の生命力なら死にはしないだろう。

とはいえ、当分は戦闘不能だろうけど。

「グローセル様がやられた！」

「駄目だ、逃げろぉぉっ……！」

大将を討ち取られた残りの軍勢は、もはや逃げるしかない。

グローセル軍は散り散りに敗走していった。

と、

「おお、さすがはシオン様！」

魔王軍の兵士たちがやってきた。

「魔王様の側近中の側近――」

「『暗黒騎士』っていう二つ名はどうですか、シオン様」

「お、いいんじゃないですか！　『暗黒騎士シオン』様！」

兵士たちがはしゃいでいる。

「敵は撃退した。引き続き警戒を」

と指示する。

「魔王様とすべての民のため、我らが王都を守るのだ」

……なんだかだんだん、魔王の側近っぽい言動が板についてきたな、俺。

「ヴィラ、東方面の反乱を制圧してきた」

「早いな⁉」

俺が魔王城に戻ると、ヴィラはポカンと口を開けた。

「出撃してから半日経ってないぞ」

「ヴィラから借りた飛竜で最前線まで飛んでいって、あとは俺一人で敵軍を蹴散らして大将を捕らえた」

「……もうシオン一人で十分じゃないかな」

半ば驚き、半ば呆れといった様子でつぶやくヴィラ。

「昔よりパワーアップしたおかげだよ。聖剣も力を貸してくれるし」

俺は腰に下げた聖剣に視線を落とした。

ファリアは、基本的に俺と二人のときにしか実体化しない。魔族の前で姿を見せるのは嫌なのだそうだ。

だから、この場でもファリアは聖剣に宿ったままだった。

俺とは和解したとはいえ……魔族に抱く思いはいろいろと複雑なんだろう。歴代勇者とともに、様々な魔族と戦ってきたそうだからな……。

と、

「すごいな、シオンは――」

ヴィラが嬉しそうに目を細めて俺を見つめていた。

「お前に頼りっぱなしだ」

「俺だってヴィラに助けられたんだ。その恩を返しているだけだよ」

俺は微笑んだ。

「じゃあ、報告はそれだけだ。またな」

「ま、待って、シオン」

立ち去ろうとしたところで、ヴィラに引き留められた。

「ん？」

「時間があるなら、もうちょっと一緒にいてほしい」

言いながら、照れたように頬を染めるヴィラ。

なんだろう、彼女が妙に可愛らしく見える――。

ヴィラは『超』がつくほどの美人なんだけど、そういう外面的な話じゃなく、もっと内側から出てくる可憐さみたいなものが、いつもより強まっているように感じるんだ。

うっ、ちょっとドキドキしてきた……。

「だめ……か？」

「だめじゃない」

俺は即答した。

「じゃあ、コーヒーを淹れよう。いつもの『ブラッドマウンテン』でいいか？　私の最近のおすすめは『ダークロースト』だが」

「じゃあ、今日はその『ダークロースト』をお願いしようかな」

「了解だ」

――というわけで、しばしのコーヒーブレイクとなった。

相変わらず彼女の淹れてくれるコーヒーは美味しい。コーヒー独特の香りやコクのある味わいが、疲れた体を癒やしてくれた。

いや、何よりも俺を癒やしてくれるのは、間近で微笑むヴィラの存在そのものかもしれないな。

「力が衰えた私の代わりに、反乱を鎮めてくれて……いつも感謝している」

ヴィラが俺に一礼した。

「あらたまって礼を言われると照れるな」

「本当に助かってるよ」

微笑むヴィラ。

俺は照れ笑いを浮かべながら、

「君のためだけじゃない。魔界は――特に王都は、思った以上に平和だ。魔族たちも……人間とは文化や生活習慣が違うけど、優しくて穏やかな者が多い。そんな平和な暮らしを守りたいんだ」

「シオン……」

「俺が人間界で勇者として目指したもの……『多くの人の平和を守りたい』という志を、今は魔界でやっているだけだよ」

そう、守りたいんだ。

戦う場所は変わってしまったけれど、俺は勇者として剣を振るう。

多くの幸せを守るために。

「ありがとう、シオン」

ヴィラが微笑みながら手を差し出した。

握手、か。

宿敵として火花を散らしてきた勇者の俺と魔王のヴィラが、こうして手を取り合うようになるなんて、あらためて考えると不思議な心地がする。

だけど、悪い気分じゃない。

「ヴィラ――」

俺は彼女の手を取ろうとした。

そのとき突然——視界が歪んだ。

「えっ……!?」

俺の手はヴィラの手に触れることなく空を切り、そのまま倒れてしまう。

「うう……」

立ち上がれない。

気分が悪い。

体が重い。

視界が、いや脳自体が内側から揺れているような不快さがあった。

「シオン!?」

ヴィラが悲鳴を上げて俺の傍らにしゃがみ込む。

「どうした!? しっかりしろ!」

その声が、やけに遠く聞こえる——。

気がつけば、ベッドの上にいた。

魔王城内の医務室だ。

以前、最初に魔界で目覚めたのもこの場所だったな……と懐かしい気分になる。

「うう……っ」

うめきながら上体を起こす。

「大丈夫か、シオン⁉」

ヴィラが心配そうに俺の顔をのぞき込んでいた。

周囲に他の魔族はおらず、俺と彼女の二人きりのようだった。

「俺は――」

「急に倒れるから驚いたぞ」

ヴィラが心配そうな顔で言った。

「具合でも悪いのか？」

「分からない。急に気分が悪くなって、体に力が入らなくなって……」

「――まさか」

ヴィラがハッとしたようにつぶやく。

「【分析魔眼】！」

おもむろに解析用の魔法を使った。

「ヴィラ……？」

「——突然すまない。一つ確かめたいことがあって」

ヴィラはうつむいた。

「今、シオンの体を分析してみた。前に見たときには気づかなかったが、どうやらお前の体に入り込んでいる『魔族の因子』が不安定な状態らしい」

「不安定……？」

「私がお前を治療した際、私たちの魔力が融合し、お前の中に『魔族の因子』が入り込んだことは前に説明したな？　シオンの体の大部分は人間だが、三割程度は魔族の体組織が混じっている、と」

ヴィラの説明にうなずく俺。

ただ、体に魔族の因子が入っているといっても、今までのところ特に不調はなかった。

今回、急に体に変調をきたしたのはどうしてなんだろう？

「おそらくお前の体と『魔族の因子』との間に拒絶反応が起きているんだ。普段はそこまでではないが、何かの拍子に強く作用した……といったところだろう」

ヴィラが自分の推測を話してくれた。

「いずれは完全に馴染むと思うが、まだ時間がかかるだろう。それまでにお前の体が致命的なダメージを受けなければいいが……」

ヴィラは青ざめた顔だ。

「すまない、シオン。私の治療がお前によくない結果を招いてしまったようだ……」

「謝ることなんてないだろ。ヴィラはあのときにおける最善の判断を下して、俺を救ってくれたんだ。そもそもヴィラが治してくれなかったら、俺は死んでいたんだろ？」

「それは……そうだが」

ヴィラはうつむき、何事かを考えていたようだが、すぐに顔を上げた。

「とにかく、シオンにこれ以上の悪影響が及ばないよう、今後は定期的に治療をしよう」

「治療方法があるのか？」

「ああ。私にさせてほしい……」

言いながら、ヴィラの顔が急に赤くなった。

「シオンが、許してくれるなら……だけど」

「？　治療してくれるんだろ？　許すも許さないも、ぜひお願いしたいよ」

「い、いいんだな？」

「？　いいよ？」

さっきからヴィラは何をためらっているんだろう。

「あ、もしかして——危険が伴う方法とか？」

「危険はない」

言って、ヴィラはさらに顔を赤くした。

「ただ、すごく恥ずかしいだけ……」

「？」

「あ、あまり見ないで……」

言いながら、ヴィラは自分の背中に手を回した。

しゅるり……。

紐(ひも)がほどける音がしたかと思うと、彼女の着ている服がするっと下に落ちて——。

「ヴィラ!?」

目の覚めるような白い肌と同じく白い下着が、あまりにもまぶしい。

「な、何を——」

「お前を治療したとき、裸で抱き合っていたことを覚えているか?」

ヴィラは両手で胸元と腰の辺りを覆(おお)うようなポーズをして言った。

「あ、ああ……」

そう、魔界で初めて目を覚ましたとき、俺はヴィラとお互い裸で抱き合っていたんだ。

あのときの肌の密着感や柔らかさ、そして胸の弾力——。

今でも鮮烈な記憶となって残っている。

「あのとき、私はお前と魔力を通わせ、損傷を受けた肉体や精神を修復していた。この『互いの魔力を通わせる』という行為のためには、互いの間にできるだけ遮蔽物(しゃへいぶつ)をなくさなければいけないんだ。つまり——直接肌と肌を密着させるのが一番望ましい」

「遮蔽物……ああ、だから裸で抱き合ってたのか」

「で、今からする治療も私とお前の魔力を通わせる必要がある。だから、その……私も脱ぐか

ら、シオンも――」

ヴィラの白い手が俺のお腹の辺りに伸びてくる。

えっと、もしかしてズボンを脱がそうとしているのか？

と、そこでピクリと震えながら彼女の手が止まった。

ちょうど俺の股間に触れるか触れないかの位置――。

「や、やだ、これ以上あたしからさせないでよ……恥ずかしいんだからね……」

ヴィラが顔を真っ赤にしてつぶやく。

あまりにもいじらしすぎて、俺は全身の血が沸騰するかのような興奮を覚えてしまった。

「え、えっと、脱げばいいんだよな……」

俺はズボンの腰ひもに指をかけ、そこでぴたりと止まる。

……ヴィラの前で脱ぐって、めちゃくちゃ恥ずかしいんだが。

「あ、あたしだって脱いだんだからね！　これから下着も脱ぐし……」

言いながら、彼女はまずブラジャーの方を外していく。

豊かに盛り上がった左右の膨らみが、俺の前であらわに――。

「きゃあぁぁあっ、じっくり見ちゃダメぇっ！」

ヴィラが悲鳴を上げた。

……って、今ごろ気づいたけど、彼女の口調がすっかり変わってるな。

恥ずかしさのあまり『素』が出てるんだろうか。

――この後、俺たちは裸で抱き合い、ヴィラに魔導治療を施してもらった。

おかげで体の内部をドス黒い感覚に侵食されるような不快感は消えた。

ただ、ヴィラが言うには、この治療は継続的に行う必要があるんだとか。

とりあえずは三日に一度、俺の体の様子を見ながら、同じことを続けていこうという話になった。

つまり三日に一度、俺はヴィラと裸で抱き合うことになるのか。

……うん。

まあ、その、なんだ――。

べ、別にエロいことなんて考えてないんだからなっ！

……なんていうわけにはいかず、俺はヴィラと別れた後もドギマギしっぱなしだった。

※

王城の一室に血の匂いが漂っていた。

とうとう、王女を殺してしまった――。

ティアナは足元に横たわるメリーアンの死体を見下ろし、ため息をつく。

なぜか護衛も連れていなかったのは、それだけ竜を召喚する護身具に自信を持っていたのか。

あるいは他人に聞かれたくない話をするつもりで、護衛を外させたのか。

今となっては分からない。

(さすがに軽率すぎたわね……)

今になって後悔がこみ上げる。

昔から、ティアナはそうだった。

勢いで行動し、その後のことはやってから考える——。

フォローしてくれる頼もしい仲間たちがいるから、今まではそれでなんとかなってきた。

だが今——。

(とうとう、取り返しのつかないことをしてしまったのかもしれない)

不安が大きくなる。

胸の奥が苦しい。

いくら自分たちが世界を救った英雄とはいえ、第一王女を手にかけたことが明るみに出れば、
罪人として裁かれるだろう。

おそらく死罪は免れない。

「……ちっ、冗談じゃないわ」

ティアナは舌打ちをした。

「とにかく、なんとかしないとね」

何も案が思いつかず、とりあえず三人に言葉を投げかけてみる。

「ですが、具体的にはこれからどうするのです？」

「ボクたち、捕まっちゃうよ」

「逮捕だめ。絶対」

大聖女カトレア、弓聖イングリット、極魔導師ユーフェミアが口々に言った。

「あまりにも思慮が足りなさすぎますわ……」

カトレアがボソリと付け加える。

「なんですって？」

ティアナは苛立ちを隠せずに彼女をにらんだ。

先ほどの自分の内心をなぞるような言葉をかけられ、どうしようもなく腹立たしかった。

軽率なのは自覚している。

けれど、それを他人に指摘されたくはなかった。

「どのみち、あのままじゃ破滅だった……殺すしかなかったじゃない！」

「別に殺さなくても……取引なり、説得なり、あるいは洗脳という手もありましたわ」

「相手は王族よ。簡単に洗脳なんてできるはずがない。何重にも魔法防御をかけているはず」

「じゃあ、取引か説得だね。殺すのはあくまで最後の手段だったと思うな」

と、イングリット。

「ま、先走って殺したのは君なんだし、いざとなればボクはそう証言するよ」

「イングリットまで……」

ティアナはますます苛立った。

二人とも何も分かっていない。

隙を見せればメリーアンは、すぐにでも事実を公表する構えだった。

あのタイミングで殺しておかないと、次の一手で破滅していたかもしれないのだ。

「今は仲たがいしてるときじゃない。大事なのは証拠隠滅」

ユーフェミアが言った。

「私たち四人が力を合わせれば、証拠なんて簡単に消せる」

「……ありがとう、ユーフェミア。どうやらこの中であなたが一番頭がいいようね」

ティアナが笑う。

「……なんですか、その言い方?」

「もしかして、ボクにケンカ売ってる?」

カトレアとイングリットが詰め寄った。

「ケンカ?　あなたたちが、このあたしに勝てるつもり?」

「──三人とも、黙れ」

決して大きくはないが、その声は強烈な威圧感を伴い、ティアナたちの動きを封じた。

「今は仲たがいしているときじゃない、と言ったはず」

ユーフェミアがティアナたちを見据える。

ゾクリとするようなプレッシャーだった。

『極魔導師』ユーフェミアは、勇者パーティに加入する前は流浪の魔術師だった。

噂によれば、裏社会の出身で非合法な魔術組織の一員だったとか。

実際、戦闘になると容赦というものがまったくなく、異常なまでの冷酷さを感じることがある。

味方であるティアナでさえ、時にはゾッと恐怖を覚えることもあった。

まるで人の感情の大事な部分が欠落しているかのような——そんな空虚さを感じることがあるのだ。

とはいえ、それは己の感情に左右されず、物事を冷静に判断できるという長所にもつながる。

今回はその長所が活きているのかもしれない。

ティアナが王女殺しに対して、そこまでうろたえずに済んだのも、常に冷静な——そして冷酷なユーフェミアが側にいてくれるからだ。

「……そうね。まずは今後の対応を考えましょう」

ティアナがうなずいた。

「王女の死体をどうするのかが問題よね」

「手っ取り早いのは……焼却」

ぼっ！

ユーフェミアの右手に小さな火球が出現した。

高レベルの魔術師である彼女なら、メリーアンの死体を欠片も残さずに焼き尽くすことが可能だろう。

「無理ですわ。いくらユーフェミアさんでも」

カトレアが言った。

「メリーアン様の……というか、王族の体には幾重もの魔法結界が施されています。それらをすべて解かない限り、炎で燃やし尽くすことはできません」

「私の炎なら何発も当てれば……」

「痕跡が、残るのです」

カトレアが重ねて言った。

「死体そのものがなくなっても、『死体を燃やした』という痕跡は必ず残ります。そういう仕組みの結界なのです」

「その痕跡っていうのは、燃やした人間を特定できるようなものなの」

「はい。仮に実行すれば、ユーフェミアさんの仕業だとバレてしまうでしょう」

「むむ……それは困る」

ユーフェミアがうつむいた。

「じゃあ、どこかに隠すとか？」

　イングリットが言った。

「そうですね。現実問題としては死体ごと隠して、封印してしまう――というのが、もっとも見つかりにくいと思います。それにしてもリスクはありますが」

　カトレアが憂鬱そうな顔をする。

「なら、隠した後で私がメリーアンの人形を作る」

　ユーフェミアが言った。

「人形？」

「ゴーレムの一種。メリーアンそっくりに動く。いずれバレるだろうけど、ある程度の時間は稼げる」

「その間に、証拠を完全に消す方法を探さないとね……」

　ティアナはため息をついた。

「とりあえずは死体を隠すことと、誤魔化すための魔法人形を用意すること――この二点を方針にしましょ」


　――ぴくり。

彼女たちの死角で、王女の指がわずかに動いたことを……。

このときティアナたち四人は気づかなかった。


翌日、ひと気のない暗い路地裏にティアナたちが集まっていた。

「完成した。徹夜作業で、どうにか」

ユーフェミアが連れてきたのは一人の女性だった。

「メリーアン……!?」

王女そっくりだが、もちろん本人のはずはない。

王女メリーアンはティアナが殺したのだから。

「とりあえず、メリーアンはティアナそっくりの人形を作った」

ユーフェミアが淡々と説明した。

「メリーアンです。隠蔽工作はわたくしに任せてくださいね」

一礼したその姿は、声も表情も仕草も——メリーアンそのものだった。

「へえ、すごいじゃない！」

ティアナは思わず声を上げた。

「ゴーレムの応用。基本的な動作は命令なしでもこなせる。声も本人と同じパターンを採用。

他人とのやり取りの仕方は……学習中」

　説明するユーフェミア。

「個人的にはガナゾ魔法回路の構成に無駄があるから、もう少し整理したい。あと四肢に使っている素材のカルタームム比率は最適化できてないので検証中」

「何言ってるかまったく分からないんだけど」

「これくらいで褒められては困る、ということ」

　ユーフェミアがそうまとめた。

「ぱっと見にはメリーアンそっくりだけど、よく観察すれば粗は目につく。その粗が原因で、これはメリーアンの人形だと見抜く者は必ず出てくる」

「……時間稼ぎにしかならない、ってことね」

「ご名答」


　――だが、思った以上に『綻び』は早かった。

※

俺が魔界に来てから半年――その日も反乱を鎮圧した俺は、王都の大通りを進みながら民衆たちから熱烈な歓迎を受けていた。

「おお、英雄の凱旋だ！」

「王族級の魔族『不死公爵リィ＝オ』の反乱をたった半日で制圧したという――」

「あれが魔王様の側近中の側近にして、魔界最強の剣士――」

「『暗黒騎士』様！」

俺は各地の反乱を平定し、今や魔界では英雄扱いだ。

魔王の側近中の側近にして魔界最強の剣士――『暗黒騎士』。

民衆は俺をそう呼んで称える。

……正直言って『暗黒騎士』という呼称はひねりがなさすぎるんじゃないかと思うが。

もともと俺が身に着けていた鎧は、勇者時代から使っているものだから、魔界でも引き続き着用した場合、俺が勇者シオンだとバレる可能性がある。

そこでヴィラが新たに黒い鎧を用意してくれたのだ。

それを身に着けて戦っているうち、兵士の一人が俺を『暗黒騎士』と呼び始め、今ではすっかりこの呼び名が定着してしまった。

「人間の勇者から魔族の英雄、か……」

一人つぶやく俺。

と、

「さすが暗黒騎士様ですね」

「俺、シオン様に憧れてるんです」

「俺も俺も」

周囲の兵たちが口々に言った。

「はは、そう言われると照れるな」

なんだかくすぐったいというか、むず痒いというか……そんな気分だった。

人間界にいたときも、みんなが俺を勇者として褒めそやしてくれていた。

でも、そのころ以上に魔族たちは俺のことを賞賛してくれているかもしれない。

半年間、魔族たちと接していて気づいたけど、どうも魔族という種族は人間に比べると思考や感情がストレートな者が多いようだ。

自分が思ったことをまっすぐにぶつけてくる。

「でも、今回の戦いで俺たちは全然役に立てなかった……」

兵士の一人がぽつりとつぶやいた。

「結局、全部シオン様に頼りきりだ」

「いや、後方待機も大切な仕事だよ。今回は俺が一気に押し切って勝ったけど、もし相手に押し込まれたり、俺が負けたりした場合は君たちの働きが重要になる」

俺は兵士たちに言った。

「君たちが後ろで控えてくれているから、俺も心強かった。余裕をもってリィ＝オと戦えたんだ」

「役立たずの俺たちの心のケアまで……」

「さすがです、暗黒騎士様」

ますます株が上がってしまった。

「でも、やっぱり俺たちも強くなりたいです。もっともっと」

「そうそう、シオン様の役に立ちたい。俺たちに剣を教えてください」

「シオン様、俺たちに剣を教えてください」

兵士たちは目をキラキラさせて、俺を取り囲んでいる。

「俺たちも魔界の平和を守りたいんです」

「そのための力になりたい」

「暗黒騎士様みたいになりたい」

俺は彼らの姿を見て、ふと——昔の自分を思い起こした。

故郷を襲った魔族から、俺を守ってくれた女騎士。

俺は彼女のようになりたいと……他人を守るために剣を振るいたい、と頑張ってきた。

彼女は俺の目標であり憧れであり、生き方の手本だった。

その後、国の騎士団に入った後は、魔王軍との戦いで戦果を挙げている先輩騎士たちを羨ましく思ったっけ……。

あんなふうになりたいと思いながら、必死で剣を振り、鍛練したんだ。

兵士たちにとって、今の俺はそういう存在になっているんだろうか。

だとしたら、それは誇らしいことだった。

「じゃあ、休養を終えたら、またみんなに稽古をつけるよ」

「うおおおおお！」

俺の言葉に兵士たちは歓声を上げた。

人間界に戻りたい気持ちがなくなったわけじゃない。

けれど、今はここが俺の居場所だと感じていた。

ティアナたちに裏切られた心の傷は癒えず……だけど、ヴィラたちとの暮らしが、それを和らげてくれるんだ。


大通りから魔王城に入ると、門のところにヴィラがいた。左右にはずらりと近衛兵が控えている。

どうやら、わざわざ俺を出迎えに足を運んでくれたらしい。

「よくやってくれた、シオン」

「戻ってきたよ、ヴィラ」

俺はヴィラに向かって手を上げて応えた。

本来なら魔王である彼女には敬語を使うとか、もっと恭しい態度を取るべきなんだけど、魔界はそのあたりが人間界よりも緩い気風だ。

まあ、魔王であるヴィラ自身の性格によるところも大きいんだけど。

彼女は、とにかく親しまれている。

民衆からも、臣下からも。

「また勲章を授与しなくてはならないな、『暗黒騎士』殿」

ヴィラが悪戯っぽく笑った。

ここ半年でもらった勲章は、すでに十個を超えているはずだ。

「まずはお前をねぎらいたい。一緒に執務室まで来てくれ」

※

「ああ、シオンはますます格好よくなっていくなぁ……もっと話していたかった……」

執務室でヴィラは熱いため息をついた。

先ほどまで、ここでシオンから報告を受け──といっても、主に雑談していたのだが──それから彼は去っていった。

「あたし、また舞い上がっちゃった……シオンに変に思われてないか心配……」

周囲に誰もいないため、ヴィラも普段の『魔王としての口調』ではなく、普通の女の子のような言葉遣いだった。

普段の魔王口調はなんだかんだ疲れるのだ。

「あ、ヴィラちゃん、またデレてる〜」

そう言いながら、一人の少女が部屋に入ってきた。

ポニーテールにした銀色の髪に褐色の肌、白銀の鎧をまとった美しい少女だ。

魔王軍四天王の筆頭、『氷雪剣のアーニャ』だった。

「可愛い〜」

と、ヴィラに抱き着く。

「……城内で抱き着くな、アーニャ」

「話し方、普通でいいよ〜」

「そ、そう？」

アーニャの言う『普通の話し方』は魔王口調ではなく女の子口調のことを指している。

「……そんなにニヤニヤしてた？　あたし」

「してたしてた」

そういうアーニャこそニヤニヤしてる。

『王族級』の魔族であるアーニャとは遠い親戚同士であり、幼なじみでもあった。ヴィラが魔王になる以前から気心の知れた間柄だ。

「すっかり恋する乙女になっちゃって……あたし、寂しい」

「こ、恋とかじゃないから！」

「本当？」

　アーニャはますますニヤニヤした。

「そもそも、あたしは恋愛なんかにうつつを抜かしている場合じゃないの。魔王として魔界を平定させなきゃ……」

「真面目だねぇ、ヴィラちゃんは」

「魔王としての責任よ」

　ヴィラがアーニャを見つめた。

「アーニャにも手伝ってほしい」

「ん。お任せあれ」

「頼りにしてるね」

「あ、でも……頼りにするなら、伴侶がいた方がいいかもね～」

　ふいにアーニャが何かを思いついたようにニヤリとする。

「伴侶？」

「ヴィラちゃんって前の戦いで勇者に思いっきり負けちゃったでしょ。それで『魔王は弱い』ってイメージが結構根付いちゃったのよね……」

「ん……それはあたしも感じてるけど」

　ヴィラはため息をついた。

「だから、『魔王より強そうな人』が『魔王の配偶者』になると、民衆の見る目もだいぶ変わるよ？」

「配偶者？」

唐突な話にヴィラは目を丸くした。

「いるじゃない。一人」

アーニャがぴんと人差し指を立てる。

「ここ半年で魔王の敵対者を次々に討伐している魔界の英雄——『暗黒騎士』が」

「そ、それってシオンのこと⁉」

「ふふ、やったね、ヴィラちゃん！　恋が叶うよ！」

「ち、ち、違うってば！　恋じゃないから〜〜〜〜！」

ヴィラは真っ赤な顔で絶叫した。

「……ただ、本当に彼がヴィラちゃんにふさわしいか、ちゃんと確かめないとね」

アーニャが急に冷たい目になり、ポツリとつぶやいた。

※

「あ、最近魔界の英雄として名高い『暗黒騎士』さんだ。どーも」

その日の職務中、魔王城の中で一人の少女が話しかけてきた。

「――これは『氷雪剣』殿」

俺は一礼した。

銀髪に褐色の肌の美少女――彼女は魔王軍四天王の筆頭を務める『氷雪剣のアーニャ』だ。

彼女とは勇者として何度も剣を交えたが、いずれも死闘の連続だった。手ごわい相手で、こうして面と向かうと緊張してしまう。

ヴィラの認識阻害魔法によって、ほとんどの魔族は俺のことを『勇者シオン』だと認識していない。

そもそも俺が人間であることにも気づいていない者ばかりなのだが――、

「ねえ、あの話は聞いた、英雄さん？」

「英雄はよせ」

あの話ってなんだろう、と思いつつ、俺はアーニャに言った。

「じゃあ『暗黒騎士』さん」

「シオンでいい」

「……ふん」

アーニャの態度は固い。

「人間風情（ふぜい）が」

そう吐き捨てる。

俺が『勇者シオン』であることを知っている魔族は、ヴィラを除けば彼女だけだった。

ヴィラが、特に信頼する彼女にのみ打ち明けたのだ。

「ヴィラちゃんがどうしても黙っておいてほしい、って言うから秘密にするけど、よりによって勇者が魔王軍に入るなんて……ぶつぶつ」

「ヴィラには恩義があるから、いろいろと手伝っているだけだ」

「ふーん……恩義ねぇ。本当にそれだけ？」

アーニャがジト目になった。

「どういう意味だ」

「ヴィラちゃんに惚れたんじゃないか、って言ってるの。いい加減な気持ちで彼女に近づくと、あたしが許さないからね。大切な幼なじみなんだから」

鼻息が荒い。

「で、どうなの？　ヴィラちゃん、可愛いでしょ」

「確かに、すごい美人だ」

「あ、その返答は惚れてるね。うん、間違いない」

「だから、なんでそういう話になるんだ……」

「ま、これなら相思相愛かな。ヴィラちゃんの相手が人間っていうのは、やっぱり気に食わないけど……まあ、しょうがないか」

「さっきからなんの話をしているんだ……？」

「とりあえず本題。先遣隊がやられたんだって」

アーニャは話題を変えた。

「西部方面の反乱鎮圧で、ね」

「確か四天王のギガレイスが率いている軍だったな」

巨人族のギガレイスは魔王軍でも一、二を争う猛者だ。彼が率いる軍もまた魔王軍最強クラスである。

「そのギガレイス軍が敗退したとなると、なかなか手ごわそうだ――」

俺が直接出るか。

「ヴィラのところに行ってくる」

「ヴィラちゃんのお気に入りだもんね、あんたって」

アーニャが口を尖らせた。

まるで拗ねた子どものような表情だ。

「どうかしたのか？」

「前は四天王筆頭として、あたしがヴィラちゃんのために仕事をバリバリこなしてたのにさ。今じゃ、すっかりあんたが任されるようになっちゃった……」

「アーニャ……？」

「むー、なんでもない！　ほら、早く行きなよ」

やっぱり拗ねてる……のか？

訝りつつ、俺は魔王の執務室へ向かった。

「ヴィラ、ちょっといいか？」

「シオンか。ちょうどよかった。私から呼ぼうと思っていたところだ」

執務室の扉をノックすると、ヴィラがそう言って俺を出迎えてくれた。

「もしかして、ギガレイスの軍が敗れた件か？」

「ああ」

うなずくヴィラは深刻な表情になり、

「ついに——奴が動き出した」

「奴？」

「魔界の有力者……つまり貴族や王族クラスのうち、その大半は私に服従している。私に反抗する者も、その大半はお前が制圧してくれた」

ヴィラが言った。

「だが、まだ魔界でも最大の力を持つ有力者が何人か残っている。その中でももっとも厄介な男が暗躍している、という情報がある。ギガレイスの軍を破ったのも、そいつの息がかかった勢力だ」

「えっ」

「奴の名は【暴風王（ぼうふうおう）】。王族級の魔族であり、『純粋悪』の陣営筆頭だ」

ヴィラが俺を見つめた。

「そして私の叔父（おじ）であり、魔界最強の武力と数百万の軍勢を持つ魔界最大の勢力だ。正面から戦えば、魔王軍とも五分（ごぶ）か、それ以上にやりあえるかもしれん」

「そんな奴がいるのか……」

「シオンは強くなったが、さすがに相手が大規模の軍勢では、立ち向かうにも限度がある。今までの反乱制圧はシオン個人の力で一騎打ちに持ち込み、勝利してきた……だが圧倒的な兵力を持つ暴風王にそのやり方は通じないんだ」

ヴィラが言った。

「『個』対『個』ではなく『集団』としての強さが問われる……今はまだ表立った動きを見せないが、『暴風王』とは遅かれ早かれ、いずれぶつかり合うだろう」

「『集団』としての強さ、か」

「だから、奴に対抗するために、私も一つ手を打とうと思っている」

ヴィラが言った。

「今までよりも思い切った策だ。その策にはお前の協力が必要だ」

「俺の……？」

驚く俺に、こくんとうなずくヴィラ。

いったい、どんな策を練っているんだろう？

「シオン、私が考えている策を聞いてほしい」

ヴィラが俺を見つめた。

真剣な目つきだった。

今まで見たことがないくらいに。

しかも、なんか息遣いが荒いぞ……？

「はー、はー、ぜいぜい」

「大丈夫か、ヴィラ……？」

「うう、緊張する……」

恥じらいをあらわにするヴィラは、いつもとは明らかに様子が違う。

まあ、可愛らしいと言えば可愛らしいし、胸をときめかせる自分がいることも確かなんだけど──。

やっぱり、魔王ヴィラらしくないのも確かだ。

そんな彼女の態度に俺は戸惑いを隠せなかった。

いったい、どうしたんだよ……？

第4章　恥じらう魔王少女

その日、俺はヴィラから執務室に呼び出されていた。

なんでも『大事な話がある』ということだ。

……先日も、その『大事な話』をしたそうな雰囲気だったのだが、そのときはヴィラが緊張するあまり会話が続けられなくなってしまい、『話は後日する！』と強引に打ち切られてしまったのだ。

ようやく、あのときの話の内容が聞けそうだった。

「ヴィラ、入るぞ」

ノックをして執務室に入る。

「ひ、ひあっ!?」

扉を開くと、ヴィラが慌(あわ)てたような態度で迎えてくれた。

「妙にソワソワしてるな」

「そ、そ、そんなことないぞっ！　私は落ち着いている！　冷静だ！　クールだっ！」

「全然クールに見えない……」

「こほん」

　俺のツッコミに咳払い（せきばら）いで応（こた）えたヴィラは、

「シオン、大事な話がある」

　真顔で俺と向き合った。

「ん、なんだ？」

「シオン――」

　ヴィラは緊張している様子だ。

　いったい、どんな話なんだろう？

「私と……その」

「ん？」

「私と……だから、その」

　ヴィラは顔もこわばり、両手の人差し指をモジモジとすり合わせたりして、ますます緊張している様子だった。

　なかなか話を切り出そうとしない。

　空気が妙に重たくなり、俺まで緊張感が高まってきた。

「うん？」

「け、け、け」

　ヴィラがようやく口を開いたと思ったら、意味不明な言葉が出てきた。

「け、け、け？」

「けけけけけけけけけけ」

「けけけけけけけけけけ？」

どうしたんだ、ヴィラ？

「とりあえず落ち着こ――」


「け、けっっっっ……こん！　してくれぇぇっっっっっっ！」


いきなりヴィラが絶叫した。

「…………………………はい？」

俺は呆然と彼女を見つめる。

聞き間違いかな？

今、『結婚してくれ』って言われたような……。

いや、そんなわけないよな。

いくらなんでもヴィラが俺に求婚するなんて、そんな馬鹿な。

「……あれ、ヴィラ？」

彼女が急に無言になってしまった。

「――って、凍ってるーっ!?」

比喩(ひゆ)などではなく。

本当に彼女はカチコチに凍りついていた。

……たぶん感情の高ぶりか何かが原因で、魔法を暴走させたんだろう。

それも魔王級の。


俺は【解氷】の魔法で、凍結状態だったヴィラを元に戻した。

さすがに魔王級の魔法だけあって、凍った彼女を元に戻すのは大変だったが、俺の魔力が大幅に上がっていたおかげで、なんとか元に戻すことができた。

「ふうっ……生き返ったぁ……」

氷がすべて溶けきると、ヴィラは大きく息を吐き出した。

「……なんで、いきなり凍ったりしたんだ？」

「は、恥ずかしかったからに決まってるだろ！」

ヴィラが絶叫した。

顔が真っ赤である。

「結婚って、その、本気で？」

俺はまだ戸惑（とまど）っていた。

戸惑うのも当然だ。

「本気に決まっている！　こんなこと冗談で言えるわけがないだろう！」

ヴィラはまた絶叫。

確かに、本気らしい。

いや、まさかな。

「えっと、どうして俺と結婚を……？」

まさかヴィラは俺に惚（ほ）れていたのか？

「ち、違う！　いや、違わないけど……恋愛的な意味合いじゃないんだ！」

「恋愛結婚じゃない……？」

でも『違わないけど』って言わなかったか？

いや、『違わない』ってことは、俺との結婚が『恋愛的な意味』ということになる。

……うん、きっと俺の聞き間違いだよな。

「つまり、政略結婚というやつだ」

ヴィラがずいっと顔を近づけて言った。

ち、ちょっと顔が近くないか、ヴィラ……!?

ふと、柔らかそうな唇が目に入る。

そこに触れたら、蕩(とろ)けそうなほどの気持ちよさを味わえるんだろうか――なんて考えてしまった。

わずか数センチの距離にあるヴィラの唇が気になって仕方ない。

ヴィラはそんな俺のドギマギにまったく気づいていないように、真剣な顔で告げる。

「魔界の政情を安定させるため、私と結婚してほしい」


「結婚かぁ……」

数時間後、俺は自室に面したバルコニーで一人ため息をついていた。

あれからヴィラには『考えさせてほしい』と返事を保留してある。

正直、気持ちの整理がつかなかった。

もちろん、ヴィラの『戦略』は理解している。

魔王への反乱はやむことがないし、それは人間界への侵攻が上手(うま)くいっていないことに起因している。

ただ、ヴィラはそもそも人間界を攻めることには反対の立場だ。

先走って人間界侵攻を行おうとする他の有力者たちを牽制し、ときにはぶつかり合う——。

だからヴィラのやり方に反発する者も多い。

確かに『穏健派』の魔族にとって、彼女はシンボル的な存在である。

けれど『純粋悪』の魔族にとっては、まさに目の上のタンコブ。ここ半年で特に反乱が頻発しているのは、そのためだった。

そんな彼女が、今以上に魔界での基盤を固めるためには、『結婚』という選択肢はアリなのかもしれない。

俺自身の名声も、この半年で驚くほど高まっているからな。

「でも結婚なんて……簡単に決断できることじゃないよな……？」

俺は自問自答し続ける。

あー……駄目だ、気持ちの整理がつかない。

「ファリア」

俺は聖剣からファリアを呼び出した。

「どうした？　敵はいないようだが」

ファリアが首をかしげる。

「いや、戦いがあって呼び出したわけじゃないんだ。ちょっと、その……」

俺は口ごもった。

「お前に相談したいことが……」

急に恥ずかしくなってきた。

コイバナなんて誰にもしたことがないからな。

「顔が赤いな。心拍数が上がっているし、血圧も上昇している。やはり敵襲——」

「いや、戦い関連じゃないから」

俺はそうツッコみ、

「実は、その……ヴィラのことで相談したいんだ」

「なるほど、やはり魔王を討つことにしたのか」

「発想を戦いから外そう」

俺は再度ツッコんだ。


「——というわけで、俺はヴィラから求婚されたんだ」

俺はファリアに事情を説明した。

「なるほど、それで考えがまとまらず、私を呼び出したわけか」

ファリアは納得したようにうなずいた。

「どうも、誰かに相談するっていうのは苦手だ。何を話せばいいか、分からなくなる」

俺は苦笑した。

「おかしいよな？　敵と戦うときは、あんなに迷いなく戦えるのに――どうしてヴィラとのことになると、頭の中がぐちゃぐちゃになって、考えが上手くまとまらないんだろう」

「おかしくはない。君は戦いには慣れているし、百戦錬磨の域に達している。だが、最初からその域だったわけではあるまい？」

「まあ、そうだな……」

「今回も同じこと。君は戦いにおいては手練れだが、恋愛ごとにおいては初心者だということさ」

「なるほど……って、恋愛ごと!?」

「違うのか？　人間にとっても、魔族にとっても、結婚とはそういった感情が高まった結果、行うものではなかったか？　私の知識ではそうなっているが」

「い、いや、それは一般的な恋愛結婚の話だ。今回は政略結婚だから……」

「政略結婚だと恋愛感情は絡まないのか？」

「えっ」

　ファリアが言った。

「私には、魔王が感情面を完全に排して、政略結婚の話を持ち出したとは思えないのだが」

「ただ、そうは言っても主目的が政略にあることは間違いないか。君自身の感情はどうなんだ、シオン？」

　ファリアに問われ、俺はハッとなった。

これって政略結婚じゃなく『恋愛結婚としてはどうか？』って問いかけだよな……？

「俺の、気持ちは——」

正直、それを誰かに話すのは照れくさいし恥ずかしい。こういう方面の話を誰かにしたことはないからな。

でも相談に乗ってもらってるんだ。

それに、ファリアは信頼できる相棒だ。

恥ずかしさをこらえて、正直に言うぞ……っ！

「そ、そりゃ、ヴィラは美人だし、優しいし、話していて楽しいし、だけど魔族だし、そもそも勇者の俺と魔王の彼女は宿敵同士なわけで、やっぱり恋愛関係になるのは難しいかもとか、乗り越えなきゃならない壁が多すぎるかもとかいろいろ思っちゃうわけで、あ、でも彼女に魅力を感じていないという意味じゃなく、むしろ魅力はものすごく感じて」

俺は思いっきり早口でまくしたてた。

ファリアはなぜかジト目で、

「恋愛面の話ではなく政略的な話として、単純にこの結婚は魔王の統治にプラスに働くかどうかを聞いている」

「えっ」

問いかけの意図を読み間違えた！

恥ずかしすぎる……。

「……もう普通に恋愛結婚したらどうだ？」

ファリアが俺を見た。

顔から火が出るというのは、こういう気持ちなんだろう。

俺は何も答えられず、うつむいた。

「で、政略結婚としてはどうなんだ？」

ふたたびファリアが問いかける。

そうだ、本来これは政略結婚についての相談だったよな。

冷静になって考え直そう――。

俺は熟考の末、答えた。

「統治には、プラスに働くと思う」

まだ恥ずかしい気持ちが頭の中に充満してるけど、それはそれとして冷静に考えたつもりだ。

「半年前ならともかく、今は……俺も、この世界が平和になってほしいと思ってる。だから――」

俺はまた熟考する。

とはいえ、気持ちは少しずつ固まっていた。

ヴィラとの政略結婚に、惹（ひ）かれていく自分を感じていた。

――俺がヴィラとの結婚を承諾したのは、それから三日後のことだった。


さらに二週間が経ち、俺とヴィラの結婚式は盛大に行われた。

タキシードを着た俺とウェディングドレス姿のヴィラがそろって巨大な馬車に乗り、王都の大通りをパレードしている。

周囲には四天王や貴族級の魔族たち。

さらに警護の兵も大人数でものものしい。

「おめでとうございます、魔王様！」

「うおおおおおおおおおおおっ！」

「おめでとうございます、魔王様！」

沿道からは祝福の声や歓呼の叫び声、そしてまた祝福の声が飛んでいた。

魔界の民たちは、いずれも魔王ヴィラの結婚を祝ってくれているようだ。

そして、その夫である英雄『暗黒騎士』――つまり俺に対しても、おおむね好意的なようだった。

「ふふ、なんだか照れくさいな」

ヴィラは頬を可憐に染めている。

このまま時間が止まってもいい、と思えるほどに美しく、可愛らしく……でも、その一方でものすごく緊張する自分もいた。

早く一通りのイベントを終え、一息つきたいという落ち着きのなさもある。

ああ、さっきから気持ちが乱れまくっているな。

反乱軍とのどんな戦いのときにも、これほど緊張したことはない。

ここまでハイテンションになったことも、不安や焦りを感じたこともない。

ただ、そんな気持ちの大混乱の中で、一番強く感じることは――。

やっぱり、ヴィラはとびっきり可愛いな、ってことだ。


パレードの後、いよいよ最後に大魔殿――魔界の神殿だ――に行き、結婚の誓いを立てる段になった。

「では、誓いの口づけを」

大司教が言った。

「!?」

「！！！！」

俺とヴィラは思わず顔を見合わせてしまった。

彼女が魔王の執務で忙しくて、結婚式に関しては簡単なリハーサルしかできなかった。

だから、細かな流れは俺もヴィラも知らずにいたんだけど――。

えっと……キス、するのか？

しかも衆人環視の中で。

「ううう、ど、どうしよう……」

ヴィラがモジモジしている！

「あたし、キスなんて初めて……恥ずかしすぎるよう……」

口調まで変わってる！

「ねえ、シオンは経験ある？」

「えっ、そうなのか？」

「い、いや、実は俺も……したことない……」

と、俺たちはヒソヒソ話し合っていた。

どうしよう、どうすればいい……？

これは、まずいぞ。

「シオン――」

ヴィラはヴェールで顔を隠しながら、俺に顔を近づけた。

唇が触れる寸前で、止める。

たぶん遠目には唇を重ねたように見えたはずだ。

いわゆる寸止めなんだけど、これはこれでドキドキする。

ちょっとでも顔を前に突き出せば、そのままヴィラの唇に触れてしまうわけで——。

っ……！

目の前には、無防備な彼女の唇がぷるんと震えていた。

思わず吸い寄せられそうに——って、だめだだめだ！

「……い、今はこれで」

「……ああ」

俺たちはキスのフリだけをして、ゆっくり顔を離した。

フリだけとはいえ、お互いに顔が真っ赤だ。


「うおおおおおおおおおおおおおおおおおっ！」

民たちが絶叫した。

そして、俺たちを祝福する声があちこちからあふれ出した。

「ふう、上手くいったな」

ヴィラがホッとしたような顔をしている。

「とっさにヴェールで顔を隠すなんて……いい機転だったよ、ヴィラ」

「最初からこういう演出を入れる予定だった——ということにしよう」

「だな」

俺たちは微笑み合った。

※

ティアナたちがメリーアンを殺し、身代わりの魔導人形を作って隠蔽(いんぺい)工作を図ってから、およそ半年が過ぎた。

すでに『綻び(ほころび)』の兆候は表れ始めている。

メリーアン人形に『体調が悪い』と周囲に説明させ、最低限の公務以外は部屋に閉じこもる生活をさせているのだが、最近はメイドなどの使用人から『明らかに様子がおかしい』との噂が広まっているのだという。

いくら声や表情、仕草が本人そっくりでも、所詮(しょせん)は造り物である。どうしても微妙な違和感が残るのだった。

「わたくしが情報を集めたところでは、もう誤魔化しきれない状況のようです……近いうちに人形だとバレるでしょうね」

カトレアの報告をティアナは黙って聞いていた。

どうすればいい――。

不安と混乱で頭が回らなかった。

「ああ、わたくしたちは破滅です……あああ……」

目の前ではカトレアがパニック寸前といった様子だ。

「……少し落ち着いてよ」

「こ、これが落ち着ける状況ですか！　みんな、破滅ですよ！　破滅ぅぅぅっ……！」

カトレアは『大聖女』と呼ばれている。

それは魔族の侵攻が活発になった時期に、神から啓示を受けて『聖女』となったからだ。

神から聖剣を授かり勇者となったシオンと、いわば対になる存在である。

それまでのカトレアは田舎の教会で尼僧をしており、ごく地味な生活を送っていたのだという。

それが突然、聖女として祭り上げられ、やがて魔王軍との戦いの中で戦功を挙げて『大聖女』と呼ばれるようになった。

世界の英雄の一人として称えられるようになったのだ。

だが、カトレア本人は自信のない性格もあり、そのことに相当なプレッシャーを感じていたようだ。

勇者パーティでも、何かあると不安げで自信がなさそうな態度を取っていた。

今も、そうだ。

平時では『大聖女』と呼ばれるだけあり、卓越した聖属性魔法で活躍する反面、いざ切迫した事態になると、たちまち精神的な脆さを見せる――。

(カトレアはもうダメね)

「人形を使っていても限度がある」

発言したのは『極魔導師』ユーフェミアだった。

カトレアとは対照的に彼女は冷静だった。

「メリーアンが公式の行事をすべて欠席し続けているのは、どう考えても不自然」

「確かにそうね。どうすればいいと思う」

「……正直、手詰まり」

ユーフェミアが淡々と告げる。

「もうどうしょうもないね」

『弓聖』イングリットが投げやりに言った。

そんな二人の発言に、ティアナはため息をついた。

冷静に考えたところで、結局は事態を好転させる手立てなどないのだ。

(ああ、誰か助けて――)

思わず神に祈りたくなる。

いや、神でなくてもいい。

もし、この状況を打開できるなら、悪魔に魂を売ってもいい……！

そんなことを考えるほどに、ティアナは追い詰められていた。


「ほう、本当に悪魔に魂を売るか？」


突然、どこからか声が聞こえた。

「何者!?」

ティアナは剣を構えた。

他のメンバーもそれぞれ武器を構える。

「そう身構えるな。ワシはお前たちの敵ではない」

ティアナたちの前方に、黒い何かがあふれ出す。

霧（きり）のようなそれは、やがて渦を巻き、小型の黒い竜巻と化した。

「お前は──」

竜巻の中心部に赤い目が光っている。

「魔族……か」

「それもかなり高位の存在」

ユーフェミアが隣で言った。

「異常なほど強力な魔力を感じる……あの魔王ヴィラルヅォードに匹敵するくらいの」

「魔王に匹敵……!?」

ティアナたちは緊張感を高めた。

「お前たちの敵ではない、と言ったはずだ。むしろ、ワシはお前たちにとって救いとなる存在──」

「……どういう意味よ」

ティアナは油断なく身構えながらも、どこかで気持ちがホッとするのを感じていた。

この魔族は、本人が言うように自分たちの敵ではない、と直感で分かったのだ。

「ワシは『暴風王』という称号を持つ者だ」

魔族が名乗った。

「暴風王……?」

「次期魔王の座を狙っているのだが、現魔王ヴィラルヅォードはなかなか手ごわい。奴自身は弱体化しているが、強力な部下を何人もそろえている。中でも『暗黒騎士』と呼ばれる男が非常に厄介だ」

「……何が言いたいの？」

「手を組まぬか？」

ティアナの問いに『暴風王』は言った。

「お前たちは苦境に立たされている様子だ。だが、ワシならその苦境を脱する手立てを与えられる。その代わり、お前たちはワシに協力しろ……」

魔族がささやく。

「聖女よ、お前の持つ『聖なる力』は勇者と同質のもの。それがあれば魔王城の最下層まで行くことが可能だ」

「わたくしの力……？」

カトレアが自分を指さし、キョトンとした。

「お前の力の一部をワシに貸せ。それを使えば……そうだな、二か月もあれば最下層までの道をこじ開けられる。あとはワシの手勢が最下層に眠る兵器の封印を解く」

魔族が説明する。

「その兵器は魔王の本拠地である都全体に大きなダメージを与えるだろう。当然、それはお前たちの手柄となる。魔王の勢力が削がれるから、奴と敵対しているワシにとっても利益がある——」

「魔王の都に、大ダメージを……」

ティアナはゴクリを息をのんだ。

「もう一度言おう。手を組まぬか?」

それはまさに——悪魔の誘惑だった。

第5章　ジレジレとデレデレの新婚生活

俺とヴィラのために用意された魔王の公邸――つまり俺たち二人の新居で新婚初日の朝を迎えた。

……ちなみに昨晩、初夜とかそういうイベントは特に何もなかった。エロい行為も一切なかった。

ないったら、ない。

そもそも夜になると、ヴィラは逃げるようにして自室に去っていったからな。

いや、俺だって別にヴィラと『そういうこと』をしたかったわけじゃないが……。

なんにせよ、お互いになんとも照れくさい雰囲気になったことは確かだ。

がちゃり。

ドアが開く音がした。

「おはよう……」

ヴィラが目をこすりながら自分の部屋から出てきた。

パジャマ姿のままだった。

今まで見せたことがない、無防備な姿だ。

俺たち、もう『夫婦』なんだよな、と思い、気持ちがやけに高ぶってしまった。

今まで感じたことのない種類のこの気持ちは——高揚感のようでもあり、緊張感のようでもあり、焦燥感のようでもある。

「んー……眠い」

よく見ると、彼女の目の下には隈ができていた。

「もしかして眠れなかったのか」

「だって、結婚したてだし、ドキドキして……」

ヴィラは恥ずかしそうにモジモジしていた。

普段の凛々しい『魔王』の彼女が絶対に見せない態度だ。

「あ、別に『そういうこと』を意識しすぎて眠れなかったわけじゃなくて！　そ、そ、それはシオンが望むなら、あたし……じゃなかった！　えっと、これは政略結婚だもんね！　あたしたち、あくまでも打算的な理由で一緒になったんだもんね！　あははは……」

「……またキャラ変わってないか、ヴィラ？」

「変わってないよぉ……」

声も裏返ってるし。

メイドが運んできた朝食を二人で食べ、出勤の準備を整えると、俺たちは一緒に公邸を出た。

「夫婦で出勤か……恥ずかしいな」

隣を歩くヴィラが頬を染めた。

「俺も……正直照れる」

と、うなずく俺の胸の中は、甘酸っぱい気持ちで満たされていた。

こんな気持ちになるのは生まれて初めてだ。

考えてみれば、故郷を出て、騎士団に入って、その後は勇者になって――ひたすら剣を振るい、戦ってきた。こういう『甘酸っぱい青春』というものとは無縁の生活を送ってきたんだ。

世間一般の男女は、みんなこういう経験をしているんだろうか。

恋愛らしい恋愛さえ未経験のまま、結婚――それが政略結婚とはいえ――してしまった俺にとって、すべてが新鮮だった。

夫婦……なんだよな、俺たち。

胸の奥から湧き上がるときめきが、その実感を少しだけ強めてくれた。

「どうした？　機嫌がよさそうだな」

「はは、まあな」

ヴィラの問いに俺は笑顔で答えた。

浮きたつ気持ちのまま、二人で職場に向かう。

魔王であるヴィラの職場は、もちろん魔王城だ。俺たちの自宅である公邸は城の敷地内に建てられているため、徒歩五分もかからず魔王城の正門の前に着いた。

「うわ、すごいな……」

左右にずらりと警備兵が並び、ヴィラを出迎えるために直立不動の姿勢を取っているのは壮観だった。

「……いや、ヴィラだけじゃない。俺のことも出迎えてくれてるのか」

なんだか緊張する。

「堂々としないとな……」

俺がオロオロしていたらヴィラに恥をかかせてしまうから。

「行こう、ヴィラ」

「ああ」

彼女は俺の隣でにっこり微笑んだ。

その笑顔を見ていると、緊張なんて一気に消えていく。側にヴィラがいてくれると、不思議なくらいに気持ちが落ち着くんだ。

「魔王様、英雄様、おはようございます！」

「おはようございます！」

「夫婦で出勤、仲がいいですね！」

「非常にめでたい！」

「めでたい！」

大歓迎である。

みんなが俺たちを嬉しそうに、そして微笑ましそうに見ている。

俺とヴィラは彼らに手を振りながら門をくぐり、執務室へ向かった。

その道中、さまざまな魔族に出迎えられ、正門のときと同じように歓声を浴びた。

「……もしかして、毎日こんな感じで出勤するのか？」

「そうだぞ？　疲れたのか、シオン？」

ヴィラが驚いたように俺を見つめる。

「正直、気を張りっぱなしだったよ」

「意外だな。百万の魔族軍を前にしても怯まなかった勇者シオンともあろう者が」

「いや、戦いの緊張感と、こういう緊張感は全然違うし……」

「ははは、シオンは案外繊細だな」

ヴィラが微笑む。


「うう……今日も書類が多い……」

執務が始まり、ヴィラは大量の書類と格闘していた。

俺は付き添いがてら簡単な補助作業をしている。

有事には反乱軍の鎮圧のような戦闘任務に出ることが多いんだけど、平時はあまりやることがない。

「魔王って、意外とこういう事務作業が多いんだな」

「ああ、執務の大半は書類の決裁だよ。正直に言うと、こういった仕事は苦手でな……」

驚く俺にヴィラが苦笑した。彼女の手に、どこかの部署の決算書らしきものがある。

「俺、よかったら手伝おうか？」

と、申し出た。

「何？　できそうか？」

「子どものころは文官志望だったからな」

ただ、魔族に故郷を滅ぼされ、俺の人生設計は大きく変わってしまったわけだが——。

もともと、体を動かすのは得意じゃなかったし、戦闘なんてもっての外だ。

聖剣の主に選ばれて、勇者としての戦闘能力を大きく底上げされたとはいえ、本質的に俺は体を動かすより、頭を働かす方が性に合っているタイプの人間なのだ。

俺はヴィラから書類を見せてもらった。

「ここ、誤字があるぞ。こっちは3ページ目と7ページ目の数値が違ってる」

「おお、本当だ」

「この報告は全体的に冗長だな。重複した説明も多いし、もっと要約させたほうがいい」

「なるほど」

「こっちの報告は前半と後半で時系列に矛盾点があるし、要確認だ」

「すごい、どんどん問題点を見抜いていく……」

言いながら、ヴィラはキラキラした目で俺を見ていた。

「な、なんだ？」

「シオンって……優秀なんだな」

うっ、なんだか尊敬の眼差しで見られてるような……。

「い、いや、はは……」

俺はすっかり照れてしまった。

「俺も魔界の施政はまだまだ分からないことが多いし、ヴィラにいろいろと教わりたい。一緒にがんばっていこう」

「ああ、よろしく頼む」

ヴィラが微笑む。

俺も微笑みを返した。


それから夕方まで一緒に仕事をした。

単調な書類仕事もヴィラと一緒にこなしていると楽しい。あっという間に時間が経ってしまった感じだ。

「今日はありがとう、シオン」

ヴィラが俺に礼を言った。

「おかげで苦手な書類仕事が一気に片付いた」

「はは、お役に立てたならよかったよ」

「シオン、かっこよかった……」

「えっ」

「あ、ううんっ。なんでもない……っ！」

ヴィラが顔を赤くする。

可愛い――。

思わず見とれてしまう。

政略結婚とはいえ、今はヴィラが俺の『妻』なんだよな。

『夫婦』としての実感が少しずつ高まっていくのを自覚する。

同時に、こうして目の前で頰を染めるヴィラを見ていると、どうしようもなく胸がときめいてしまう――。

「じゃあ、一緒に帰ろうか」

「ん。私たちの家に」

「ただいま」

「ただいま」

俺たちは一緒に公邸に戻った。

「お帰りなさいませ、魔王様、シオン様！」

使用人たちが左右に並び、俺たちに向かっていっせいに礼をした。

ここは常に使用人が十五人程度働いていて、すべての家事は彼らがこなしてくれる。

だから、基本的に俺たちは家事に追われることはない……とはいえ、何もしないとあまりにも落ち着かないので、ある程度のことは自分でやるようにしているけれど。

「な、なあ、シオン」

「ん？」

「アーニャから借りた小説で読んだのだが、新婚夫婦というものは家に帰ると、その……く、口づけするらしいぞ」

「えっ!?」

「い、いや、そのアーニャに借りた小説に書いてあっただけだから！　私がしてほしいって意味じゃなくて！」

慌てたように両手を振るヴィラ。

「……本当はしてほしいけど」

「えっ、今なんて――」

「えっ、聞こえた⁉」

なんと言ったのかをたずねた俺に、ヴィラは真っ赤な顔をする。

もしかしてキスしてほしいっていうアピールなのか、今の……？

「いや、いくらなんでも、そんなわけないよな、はは……」

「……シオンの鈍感」

「えっ⁉」

「なんでもない」

ヴィラはすたすたと歩いていった。

――ほどなくして、

「きゃああああっ、なんでキスアピールなんてしたのよ、あたしぃぃいっ⁉　恥ずかしいようう！」

ヴィラの部屋から叫び声が聞こえてきた。
……本当に『キスしてほしい』アピールだったのか。
でも政略結婚なんだし、そんな本当の夫婦みたいな関係を望んでいるのか、ヴィラは？
「じゃあ、俺はどうなんだろう……？」
考える。
俺は、ヴィラとどうなりたいのか。
真剣に考えるほどに、照れくささがあふれてきて、ついそこから目を背けてしまう。
その問いに答えを出すのが怖い、と思っている自分がいた。
今は、まだ。

それから一か月ほどが経った。
魔王に対する反乱の数は一気に減ってきたようだ。
やはり俺とヴィラの――暗黒騎士と魔王の政略結婚の効果が大きかったのか。
とはいえ、完全になくなったわけじゃない。

俺はその日も魔界の有力者の一人と戦っていた。

『憤怒の猛獣デルフィーラ』。

獣タイプの貴族級魔族で、すさまじい突進スキルと強固な装甲皮膚を持つ難敵だ。

ただ、その難敵も今の俺の敵じゃなかった。

「ちいっ、なんという強さだ――」

俺が繰り出す連撃に、デルフィーラは防戦一方だ。

後退しながら、ついに息切れを起こす。

隙あり――！

「【聖魔融合】モード！」

俺は聖剣のパワーを全開にした。

聖なる力と魔の力が一つに溶け合い、より強大な力へと昇華する。

その莫大なエネルギーを刀身に込め、俺は必殺の一撃を放った。

「【戦刃斬】！」

繰り出した一撃は、奴の装甲皮膚を深々と切り裂き、大ダメージを負わせた。

「あ……が……」

がくりと崩れ落ちるデルフィーラ。

殺してはいないが、しばらくは動けないだろう。

勝負ありだ。

「ふうっ」

「す、すごい……結婚してから、ますます無敵だ」

「これで魔王様も、またまた暗黒騎士様に惚れ直すんじゃないですか？」

「えっ、いや、その……」

惚れ直すって言われても、ヴィラとは政略結婚なわけで――。

でも、もし本当に惚れ直される……というか惚れられたら、やっぱり嬉しいかもしれない。

「暗黒騎士様、顔が緩んでますぜ」

「ラブラブじゃないっすか、いいなぁ」

兵士たちが囃し立てた。

「はは、そんなこと……」

俺は照れ笑いを浮かべつつも、悪くない気分だった。


その日の夜、俺は公邸でヴィラと話をしていた。

「今日も反乱を鎮めてくれて……本当にお前には感謝しかない」

「はは、こういう仕事は俺に任せてくれ」

「私は政治に専念させてもらっている。シオンのおかげだ」

「それが魔界にとっても一番いいと思う」

俺たちは微笑み合った。

ここ最近は特に、『政治』は魔王ヴィラが、反乱鎮圧のような『武力の行使』は魔王軍を率いる俺が――というふうに役割分担が完全にできていると思う。

「南方面でも一部の貴族級魔族に不審な動きがあるそうだ。何かあれば、俺が動くよ」

「心強いな」

ヴィラが目を細める。

「頼りにしているぞ、シオン」

「君の期待に応えられるようにがんばるよ――ううっ!?」

そのとき、ふいに力が抜けた。

この感じは――。

「例の発作か」

「ああ、今日の戦いで力を使ったことも関係しているのかもしれない」

「お前の切り札ともいえる【聖魔融合モード】は、それだけ肉体と精神への負担が大きいんだろう」

ヴィラは俺を見つめた。

「私に治療させてくれ」

「ああ、頼む」

「夫婦になったんだし、裸で抱き合っても問題ないな。ふふ」

ヴィラの微笑はやけに妖艶で、俺はドキリとしてしまった。

なんというか……人妻の色香というやつだろうか。

「あ、いや、その……今のは、ちょっとはしたなかったな。すまない……」

そう言って、モジモジするヴィラ。

「あ、あくまでもお前を治したいという気持ちからの発言だ。た、他意はない！　いやらしいことなんて、べ、別に考えてないいんだからなっ！」

さらに言い募りながら、ますますモジモジするヴィラ。

「だ、だいたい、ちょっと裸になって抱き合うだけだろう！　いろいろ丸見えなのが恥ずかしいだけで、だ、大丈夫だ！　これは治療行為なんだから！　うん、裸でも大丈夫ったら大丈夫！」

「いや、そこまで言われると、さすがに恥ずかしさが増してきたんだが……」

「え、えいっ」

思わずツッコむ俺の目の前で、ヴィラがいきなり服を脱ぎ捨てた。

思いっきりよく、上も下も。

「ヴィラっ!?」

雪のように白い肌が艶めかしくてドキドキしてしまう。

「し、しまった、勢いをつけすぎた！　ひあぁぁぁ、や、やっぱり見ないでぇぇぇ……」

あらわになった裸身を両手で隠しながらアタフタするヴィラ。

「きゃあっ⁉」

あんまり慌てたせいか、その場で足を滑らせ、ひっくり返ってしまった。

あ、いろいろ見えちゃった……。


結婚して二か月が経った。

俺たちは一緒に家を出た。

「いってきます」

「じゃあ、いってきます」

玄関から数歩歩いたところで向かい合う。

結婚当初はこうして見つめ合うだけでも照れくささがこみ上げてきた。甘酸っぱい胸のときめきも覚えていた。

……いや、まあそれは今もあまり変わらないけど。

ただ、そのころと比べて、俺たちの間に漂う空気感は変化してきていると思う。

ドキドキした気持ちになるのは相変わらずだけど、それでもある程度の余裕を持ってヴィラを見つめることができる。

一緒に過ごせることが幸せなんだと――はっきり認識する。

そう認識している自分を、客観視する余裕があるんだ。

「ヴィラ」

「シオン」

俺たちは互いに呼びかけ、顔を近づけた。

ちゅっ、とヴィラに頬へのキスを受ける。

俺もお返しに彼女の頬にキスをした。

結婚当初に比べると、俺たちの距離感は少し縮まり、今では、こういう挨拶を自然とするようになっていた。

まあ、いちおう『夫婦』だからな。

最低限の愛情表現をしておかないと、周囲から何か言われるんじゃないか……とヴィラが危惧したのだ。

なにせ俺たちのプライベートは大勢の使用人に見られているんだ。

その中の誰かが『魔王様夫婦はあまり仲がよくないようです』なんて言いふらす可能性だってある。

その対策というわけだ。

「あ……」

ヴィラが頬を赤くする。

……うん、やっぱり恥ずかしいことは恥ずかしい。

たぶん、俺の頬も赤くなっているだろう。

というか、顔中が熱い。

「やっぱり、照れくさいな」

「まあ、な」

俺たちは顔を見合わせ、お互いに照れ笑いをした。

「でも楽しいし、幸せ……」

ヴィラがぽつりとつぶやいた。

「こんな時間がずっと続けばいいのに」

「……そうだな」

平和で、穏やかな時間。

幸い、人間界からの攻撃もない。

下手に攻撃して反撃を食らうよりも、このまま小康状態を保とう——という判断なのか。

それとも、最終的に魔王軍の壊滅を狙い、着々と魔界への侵攻準備を進めているのか。

どちらかは分からない。

いちおう、人間界に放っている斥候の報告だと、そういう侵攻準備のような動きはないそうだが——。

陰で隠れて何をやっているかは分からない。

策を弄するという点では、人間は魔族より一枚上手だからな。

俺自身も人間だから、そこはよく分かっている。


――ず……んっ！


ふいに、大気が震えた。

地震だろうか？

だが、少し違和感がある。

まるで空間自体が悲鳴を上げるような震え方だ。

だが、不審に思う間もなく、震動は一瞬で収まった。

「今のは……？」

「私にも分からない。少なくとも魔族の魔力による現象ではないな」

ヴィラが首を横に振った。

「単なる空間震じゃないか？　魔界ではたまに起きる自然現象だ」

初めて聞いた。

魔界ってそんな現象があるのか……。

「問題ないと思うぞ。さあ、行こう」

ヴィラが俺の手を握る。

自然と俺も握り返した。

俺たちは手を取り、今日も職場である魔王城に向かう。


「二人そろってラブラブ出勤かぁ……いいな～」

魔王城に着き、そろって執務室へ向かう途中、魔王軍四天王筆頭――『氷雪剣のアーニャ』と鉢合わせた。

「あたしもそういう相手ほしい～」

その視線が俺たちの手に注がれている。

ここまでずっと手を握ったまま来てしまったんだけど、あらためて見つめられると、ちょっと恥ずかしくなってきた。

ヴィラも同じ気持ちだったのか、俺たちは見つめ合い、そっと手を離す。

「わ、私たちは、別の、その」

「政略結婚とか言っといてラブラブじゃない」

「い、いや、そのラブラブというか、その、え、演技だ」

「演技なのか？」

俺はちょっとショックだった。

「うっそだー」

アーニャがゲラゲラ笑う。

「絶対ヴィラちゃんデレデレだよ。あーあ……ヴィラちゃんが男なんかに……ちょっと恨めしいなぁ」

と、俺をにらむアーニャ。

「デレデレとか言うな！　私たちは忙しいんだ。えっと、行くぞシオン！」

ヴィラは顔を赤くして俺を引っ張っていく。

「【移動魔法・魔王級】発動」

ぐんっ！

「うわっ、速っ!?」

矢のようなスピードで俺とヴィラは城内を駆け抜けていく。

「はあ、はあ、はあ……」

十分ほど超速移動を続け、魔王城最上階の廊下を何周もしたところで、ようやくヴィラは魔法を解除した。

「つ、つい執務室の前を何度も通り過ぎてしまった……ああ、恥ずかしかった……」

ヴィラは息も絶え絶えだった。

よっぽど照れくさかったんだろうか。

と、

「あれ？　こんな場所、あったっけ？」

俺は首をかしげた。

魔王城の最上階は基本的に魔王専用の部屋や施設が並んでいる。

その中で見覚えのない扉を見つけたのだ。

「そこは『開かずの間』さ」

ヴィラが隣にやってきて、そう言った。

「『開かずの間』――」

「そうだな、シオンも知っておくべきかもしれない。その扉の向こうは転移装置がある。で、転移先は城の最下層だ」

と、ヴィラ。

「最下層？」

「魔王城の最下層までつながる階段などは一つもない。この転移装置を使わないと行けないようになっているんだ」

ヴィラが説明する。

「簡単には入れないようにしてあるわけか」

「ああ。最下層には封印された兵器や数千年単位の幽閉処分が下された大罪人など、決して外に出してはいけないものがいくつもあるからな――」

そこまで言ったところで、ふいに彼女の表情がこわばった。

「えっ……!?」

「どうした?」

「扉が……」

たずねる俺に、ヴィラは青ざめた顔で振り向いた。

「開けられた形跡がある……!」

俺は驚いて扉を見つめる。

言われてみれば、扉にわずかな隙間ができていた。

その向こうから淡い光が漏れている。

「まさか――」

ヴィラが声を震わせた。

「地下最下層に侵入者が現れたのか……!?」

第6章　訪れる危機

俺はヴィラとともに地下最下層に向かっていた。

「いったいどうやって扉を開けたのか……」

ヴィラは険しい表情だ。

そういえば、さっき空間全体が大きく震えたけど、あれは……扉が破られた際の衝撃だったんだろうか？

「歴代魔王の強大な魔力による結界を張ってあるし、どれほどの魔力をもってしても侵入は不可能なはず。可能性があるとしたら――いや、まさかな」

何ごとかを言いかけ、うつむく。

「ヴィラ……？」

彼女は俺を見て、小さく首を左右に振った。

「勇者に由来する『聖なる力』なら、結界を破ることも不可能ではない。もちろん、シオンを疑っているわけではないが」

「聖なる力――」

俺以外に勇者の力を持つ者がいる……？

いや、ありえない。

世界で勇者はただ一人――それは俺が戦女神リゼルから聖剣を授かったときに言われた言葉だ。

だとすれば、いったい――。

「原因究明は後だ。とにかく先を急ごう」

ヴィラが、そう促した。


最下層まで降りて廊下を進むと、一番奥に巨大な扉があった。

髑髏を模したマークが描かれた、禍々しい雰囲気の扉だ。

「ここは宝物庫になっている」

ヴィラが言った。

「開けるぞ」

俺は黙ってうなずきつつ、聖剣を抜いた。

この向こうに侵入者がいるはずだ。戦闘になる可能性もある。

「魔王ヴィラルヴォードの名と、その血において命ずる――【開錠】」

ヴィラが扉を開ける呪文を唱えた。

ぎぎぎぃぃぃ……。

巨大な扉がゆっくりと開く。

室内には無数の武器やアイテムなどが所狭しと置かれていた。

そしてその向こう側に数名の魔族がいた。人型が四人、獣人型が二人の計六人だ。

人型のうちの一人が両腕でボール状の物体を抱えている。何かの武装か、それともアイテムなのか。

「お前たち、それを運び出すつもりだったのか!? なんという恐れ知らずな……」

ヴィラは血相を変えて、侵入者たちをにらみつける。

「全員武装を解き、投降しろ。そうすれば命だけは助けよう」

「……!」

侵入者たちは後ずさりつつも、両腕で抱えたものを離そうとはしない。武器を捨てる気配もない。

「命令に従わないなら仕方ない。この場で全員始末する」

ヴィラは冷然と告げた。

「シオン、頼む」

「了解」

俺は聖剣を構え直した。

「あいつらが持っている宝玉は非常に殺傷力の高い『呪詛兵器』だ。絶対に炸裂させてはならない」

「『呪詛兵器』……？」

「その名の通り【呪詛】を振りまく強力な兵器さ。もし炸裂すれば、魔界全体に甚大な被害が出る」

ヴィラは深刻な表情だ。

「だからこそ厳重に封印されていた……奴らが何者か分からないが、絶対に渡すわけにはいかない。全員殺してでも奪還するんだ」

「……分かった」

言うなり俺は床を蹴り、奴らに肉薄した。

先手必勝——。

ちょっとした身のこなしから奴らの実力はだいたい把握している。

この距離で意表を衝いたフルスピードの突進をすれば、奴らは反応しきれないはずだ。

その隙に全員を無力化しつつ、呪詛兵器を奪い返してやる。

「はああっ……！」

聖剣を振るい、峰や柄頭で打って、命を奪うことなく奴らを次々に叩き伏せていく。

瞬く間に五人を倒し、残るは呪詛兵器を持った魔族だけ——。

「こ、こいつは渡さん——呪詛兵器【起動】！」

その魔族が叫んだ瞬間、宝玉がまばゆい輝きを放つ。

「【怨念砲】発射！　時空間通路をブチ開けろ！」


がおんっ……！


轟音とともに壁に穴が開いた。

その向こうに虹色の空間が見えている。

「呪詛兵器の力で時空間通路を無理やり開いただと……!?」

ヴィラがうめいた。

「このまま逃げさせてもらうぜ。じゃあな！」

魔族は宝玉を抱え、虹色の空間の中に消えていく。

直後、空間に開いた穴は閉じてしまった。

「逃げられた――」

ヴィラがうなだれる。

「追いかけられないのか?」

「……駄目だ。この辺りの空間が変な風に歪んでいる。奴が脱出するときに呪詛兵器を使って、空間をめちゃくちゃにしたんだろう」

俺の問いにヴィラが答えた。

「まず歪んだ空間を元に戻した上で、外に出るための時空間通路を作製する必要がある。少し時間がかかる……その間は、彼らに任せよう」

「彼ら?」

「私のもっとも信頼する部下たちさ」

ヴィラの前方に輝く魔法陣が浮かび上がった。

『我が四天王よ、聞こえるか? 魔王城最下層に侵入者が現れた。危険度が特級クラスの兵器の一つを強奪したうえ、地上に出ようとしている。あらゆる手段をもって制圧せよ』

魔法陣が明滅する。

どうやら通信魔法らしい。

『繰り返す。「あらゆる手段をもって」だ。いいな? 侵入者はできれば生かして捕らえたいが……最悪の場合、生死は問わない。民たちの安全を最優先せよ』

「四天王に命じておいた。彼らに時間を稼いでもらって、その間に外に出るための術式を構築する」

通信を終えたヴィラが俺に言った。

「俺にできることは？」

「時空間通路の作製を為せるのは超上級魔法だけだ。シオンにやれることはない。ただ——」

ヴィラが近づいてきた。

「……抱きしめて」

突然の懇願に、俺は戸惑った。

「ヴィラ……？」

見れば、彼女の顔は青ざめていた。

華奢な体は小刻みに震えている。

「呪詛兵器は魔界でも五指に入る災厄兵器だ。最大威力なら世界の大半が滅ぶ可能性もあるし、そこまでの出力じゃなくても国の一つや二つは簡単に吹き飛ぶ……恐ろしい代物なんだ……」

本当は不安——ということなんだな。

「私……私は、それを止められるだろうか」

「ヴィラ——」

俺は彼女の要望通り、力いっぱい抱きしめる。

「大丈夫。俺たちで止めよう。必ず――」

「ああ、シオン……」

ヴィラが熱い吐息をこぼした。

※

一方、そのころ地上では――。

『氷雪剣のアーニャ』を筆頭とする魔王軍四天王が、魔王城に侵入した魔族を取り囲んでいた。

相手は、一人。

見たところ、それなりの力を持った魔族のようだが、さすがに四天王には及ばないだろう。

だが、敵は余裕たっぷりだった。

「ふん、お前たちが魔王軍の四天王か。このルドウィグの前にはカスみたいなもんだぜ」

魔族ルドウィグがニヤリと笑った。

「今の俺には伝説の呪詛兵器があるんだからな。かかってこいよ、雑魚ども」

「あ、その言い方！　あたし、カッチーンときちゃったよ！」

アーニャが叫ぶ。

さらに、

「魔王様直々の命だ！　貴様は我らが成敗する！」

巨人族のギガレイスが朗々と叫んだ。

「覚悟しなさい……くくく、滅する滅する滅する……滅するの、あたし大好きぃ」

闇の大神官メルゼナが好戦的な笑みを漏らした。

「殺す」

シンプルに告げたのは魔導師ディーリーだ。

四人がいっせいに身構え、そして攻撃を放った。

剣を、魔法を、召喚獣を、魔道具を──。

それぞれが得意とする必殺の攻撃をルドウィグに浴びせる。

ばぢぃぃっ！

そのすべてが、敵の前方ではじけ散った。

正確には、彼の前方に展開された障壁に触れたとたん、すべての攻撃が霧散してしまったのだ。

「これが【呪詛】の力だ」

ルドウィグが勝ち誇った。

「いかなる攻撃も無駄──くくく」

「くっ、なんなの、今の──」

アーニャは剣を構えなおした。

「だけど……負けないんだからっ！」

他の四天王と連係し、さらに攻撃を続ける。

相手は反撃をしてこない。持ち出した呪詛兵器を使い、ひたすら防御に徹している。

「呪詛兵器の能力は『防御』中心みたいだね。守ってばかりでは勝てないんだからっ」

アーニャが振り下ろした剣から氷の嵐が吹き荒れた。

呪詛兵器によって無効化されるものの、敵は完全に防戦一方だ。

「みんな、ひたすら攻撃だよ！　全員で攻撃して押し切る！」

「応！」

「承知した」

他の四天王たちも意気が揚がる。

「くくく、呪詛兵器が『防御』だけしかできないと思ったか？　浅はかな連中だ」

ヴ……ンッ！

ルドウィグの周囲を紫色のオーラが包み込む。

「むしろ――『攻撃』こそが呪詛兵器の真骨頂」

そのオーラが剣のような形に変化していく。

「こいつが『兵器』だということを忘れてないか？　ん？」

「これは――」

アーニャが表情をこわばらせた。

違う。

先ほどまでとは、まるで威圧感が違う。

これが『攻撃』に転じた呪詛兵器の真価なのか——！

「さあ、全員殺してやるぞ」

ルドウィグの顔に凶悪な笑みが浮かんだ。

※

「【空間歪曲】【時空切断】【再結合】【貫通】……時空間通路【虚無回廊】作製——」

ヴンッ……！

ヴィラの呪文とともに、前方に大きな『穴』が開いた。

その向こう側には虹色の空間が広がっている。

「これが地上までをつなぐ時空間通路【虚無回廊】だ」

ヴィラが俺に言った。

「すぐに外に出よう」

「分かった」

「【虚無回廊】の内部は時間の流れが不規則になっている。迷い込むとまったく違う時間軸に移動することもあるから、私の手を常につかんでいてくれ」

と、ヴィラが手を差し出す。

俺はその手をしっかりと握った。

――ヴィラが空間魔法で作った『時空間通路』を通り、俺たちはようやく外に出ることができた。

「四天王の魔力が弱まっている……！」

ヴィラが顔をしかめた。

俺は彼女ほど魔力の探知能力が高くないが、それでも四天王の魔力がほとんど感じられないほど弱くなっているのは分かった。

おそらく敵と交戦したのだ。

そして――敗れたのだろう。

「行くぞ！」

ヴィラが俺の手を引く。

そのまま飛行魔法で現場まで一直線に向かった。

「ごめん、ヴィラちゃん……負けちゃった……」

現場に到着すると、アーニャをはじめとした四天王たちが倒れていた。

アーニャたちはいずれも魔王のヴィラに次ぐ実力者たちである。

並の魔族はもちろん、高位の魔族でさえ勝つのは難しい。

それを一対四という状況で、ここまで打ちのめすとは――。

敵はすでに去った後だろうか。

「うう……」

アーニャは全身がドス黒く染まっていて、痛ましい様子だった。

単なる負傷じゃない。

これは――？

「面目ございません、魔王様……」

「我らでは、歯が立たず……不覚……」

他の四天王たちも虫の息だった。

アーニャと同じく全身がドス黒く染まっている。

「『呪詛兵器』の力だろう」

ヴィラがうめいた。

「全員が高濃度の【呪詛】を浴びているようだ。通常の治癒魔法では治せない。私にも無理だ……くっ」

悔しげに唇をかみしめる。

「このままでは――全員、死ぬ……」

「……私の力を使え」

聖剣から声がした。

「ファリア？」

「私は『聖なる剣』だ。呪詛をある程度『解呪』できる」

と、ファリア。

「専門の『解呪祭具』ではないから、完全な『解呪』は無理だが……彼らの命を救うくらいはできるだろう。魔族の命を救うのは、聖剣としては不本意だが……君は彼らを救いたいんだろう？」

「ああ」

俺はファリアに力強く言った。

「ありがとう、ファリア」

──俺は聖剣の機能を使い、アーニャたちを『解呪』した。

全員まだ弱々しい様子だが、全身がドス黒く染まった状態は元に戻った。

【呪詛】を上手く除去できたということだろうか。

「シオン……くん」

アーニャが横たわったまま俺を見た。

「ん？」

「その……あ、ありがと……楽になった……」

アーニャが照れたように言った。

そういえば――。

名前で呼ばれたのは、これが初めてだな。

「今はしっかり休んでくれ」

俺は彼女に、そして他の四天王たちに言った。

「呪詛兵器は俺とヴィラで追いかける。奴の行き先は分かるか?」

「そ、それが……」

アーニャが言った。

「奴は……ルドウィグは、呪詛兵器で時空間通路をさらに開いて……たぶん人間界まで行こうとしてる――」

「っ……!?」

俺は絶句した。

もし呪詛兵器による濃密な呪詛が世界中に振りまかれたら、いったいどれほどの犠牲者が出るか……。

「――追うぞ!」

ヴィラが叫んだ。

「私が魔界の結界を一時的に解除し、人間界までの道を作る。あの兵器を魔界であろうと人間界であろうと絶対に炸裂させてはならない……!」

俺とヴィラは飛行魔法を使い、猛スピードで飛んでいた。

すでに魔界の結界を抜け、人間界に出てきている。

俺にとっては久しぶりの人間界なわけだが、まさかこんな形で戻ってくるとは思わなかった。

ただ、感慨にふけっている暇はなさそうだ。

「ヴィラ、探知できそうか？」

「なんとかな……」

ヴィラの方が探知能力が高いので、彼女に前を飛んでもらい、俺はそれについていく格好だ。

「この先にある山間の国——人口十万程度の都市にいる」

「ライクス王国の王都か」

牧歌的な風景が広がる平和な国だ。

魔族と呪詛兵器によって荒らされているかと思うと心が痛んだ。

「——まずいな」

ヴィラが急にうめいた。

「呪詛兵器が起動状態に入ろうとしている。一度起動すれば、あとは炸裂するだけ——広範囲に被害をまき散らすだろう。最低でも国がいくつか滅びる程度には」

「なっ……!?」

俺は思わず息をのんだ。

「あまりにも殺傷力が高く、被害の及ぶ範囲が広すぎるため、呪詛兵器が製造された古代において、すぐに永久封印が為されたのだ……以来、代々の魔王はこれを最大の禁忌として受け継いできた」

ヴィラは苦々しい表情で語る。

「どんな凶悪な魔族も、これを使用しようとは考えなかった……まさか、呪詛兵器を狙ってくる奴がいようとは……」

「そんな危険な兵器なら、完全に消し去るなり破壊するなりしとけばよかったんじゃないか？」

俺はヴィラを見つめた。

「それとも――いつか使用するために、残しておいたのか？」

たとえば……人間界を滅ぼすために。

俺はゾッとした。

だとすれば、魔族はやはり恐るべき種族だ。

人間とは絶対に相いれない存在だ。

「違う！」

ヴィラは俺が驚くほどの大きな声で、即座に否定した。

「私を、信じてくれないか」

「……信じてるよ」

俺はそう言ったが、言葉が喉に引っかかったような感じがした。

ヴィラを信じている――。

その言葉を素直に告げることに、心のどこかで抵抗があった。

この半年、一番身近にいて、もっとも信頼できる相手だったヴィラが――。

今は、違って見えた。

人ではない、頭から伸びる角。

人ではない、背中の黒い翼。

人ではない、禍々しいオーラ。

普段は気にならないそれらが、今は『人間とは違う種族』の証としか思えなくなってくる。

そう、ヴィラは魔族なんだ。

当たり前の事実が、やけに気になる――。

「……本当に？」

ヴィラが俺を見つめる。

不安げな眼差しで。

「ああ」

俺は、信じたいんだ。

信じさせてくれ、ヴィラ。

内心のその言葉を、口に出すことができなかった。

「ま、待って、シオン、ちょっと速い――」

気がつけば、飛行魔法でヴィラを引き離していた。

彼女は人間界への時空間通路を作る際、かなり魔力を消耗しているはずだ。

今の俺の飛行速度にはついてこられないらしい。

だけど、グズグズしていたら『呪詛兵器』を持った魔族によって、この辺りの都市が次々に攻撃を受けるだろう。

「後から来てくれ、ヴィラ。俺は最速で敵のいる場所まで行く」

「シオン……?」

「先に行くよ」

言って、俺はさらにスピードアップした。

被害を最小限に防ぐため、最速で敵のいる場所に行く――。

その言葉は嘘じゃない。

けれど、それだけではなかった。

俺は今……ヴィラと一緒にいたくなかったのかもしれない。

ヴィラへの疑いを完全に消せない俺を――見せたくなかったのかもしれない。

俺は十分ほどでライクス王国の王都までたどり着き、敵魔族ルドウィグの前に降り立った。

彼の手には宝玉——呪詛兵器がある。

バチッ、バチィッ……！

宝玉の表面に無数の稲妻がほとばしっていた。

「あれは——」

前に見たとき、あんな放電現象はなかった。

だとすれば、あの稲妻は呪詛兵器の炸裂が近い、という予兆みたいなものなのか——？

「呪詛兵器を返してもらう」

俺は聖剣を手に、ルドウィグに近づく。

「ふん、四天王すら蹴散らしたこのルドウィグに、お前ごときが相手になるか！」

奴は自信たっぷりのようだ。

確かに、呪詛兵器を手にした奴は四天王を一人で倒した。

その強さは、おそらく魔王に準ずるほど。もしかしたら魔王と同クラスかもしれない。

「吹き飛べ——【怨念砲】！」

ごうっ！

奴の宝玉から紫色の光線が飛んでくる。

ばぢぃっ！

その光線を、俺は聖剣の一振りで斬り散らす。

「馬鹿な!?」

「残念だったな。俺の剣は呪詛を中和できる――」

　俺は剣を手に突進する。

「くっ……」

　敵の前方に紫色の障壁が出現した。

　呪詛兵器の力による防御機能だろう。

　けれど、

「【戦刃斬(リゼルブレード)】！」

　聖剣によるスキル一閃(いっせん)。

　俺は奴の『防御』を突き破った。

　もともと聖剣ファリアレイダは呪詛をある程度無効化する能力を持っている。

　いくら呪詛兵器を利用した『防御』が強固でも、その効果の大半をなくすことができれば、
　俺の一撃は奴に届く。

「お、おのれ……」

　そして呪詛による『防御』がなくなれば、あとは純粋に実力勝負である。

　こいつは、俺の敵じゃない――。

「終わりだ」

「ぐあっ……」

一瞬で間合いを詰め、ルドウィグを斬り伏せた。

「うう……」

とっさに急所を外したから、まだ生きているようだ。

「お前をこれから魔王城まで連れていき、尋問する。背後関係から目的まで全部しゃべってもらうからな」

俺はルドウィグに言い放った、

「それと呪詛兵器の起動状態を解除するんだ」

「……あいにく呪詛兵器はこれから【炸裂モード】に入るところだ」

魔族は宝玉を空中に放り投げた。

「呪詛兵器【結界展開】！」


しゅいいいいいいいいいんっ。


音がして、宝玉の周囲が薄緑色の球体に覆われた。

これは——防御結界か!?

「仕上げだ！　【炸裂モード】作動！」

魔族が叫んだ。

宝玉の表面に『24：00：00』という数字が浮かび上がった。

カチッ、カチッ、カチッ……。

音とともに数字が『23：59：59』、『23：59：58』と一つずつ減り始める。

「これは……!?」

「カウントダウンさ。こいつは一日かけて呪詛エネルギーをチャージし、数字がゼロになったときに、溜めたエネルギーのすべてを炸裂させる」

ルドウィグがニヤリとした。

「膨大な呪詛がまき散らされ、数えきれないほどの人間が死ぬだろうな……」

「そんなこと——させるか……！」

ゾッとしながら、俺は結界に聖剣を叩きつけた。

がきんっ。

あっさり跳ね返された。

「効かない!?」

聖剣による呪詛の中和作用をもってしても、結界はビクともしない。

「くはははは！　もうこいつは誰にも止められんぞ！」

俺の目の前で奴が楽しげに笑っていた。

「人間界に大量の呪詛をまき散らすまで、あと一日だ」

呪詛兵器の表面に『23：58：14』という数字が浮かんでいる。

最初は二十四時間ぴったりだった数字が、すでに一分以上減っていた。

あれが『0』になったとき、呪詛兵器は炸裂し、広範囲に致命的な呪詛をまき散らす――。

「そのとき人間界には信じられないほどの犠牲者が出るだろう。当然、人間どもはますます魔王軍を憎む。死ぬ気で戦いを挑んでくるはずだ」

ルドウィグが笑う。

「そうなれば、魔王軍も多大な犠牲を払うことになるだろう。間違いなく魔王の兵力は消耗する……くくく、その隙に我らが主が――」

そういう、ことか。

こいつや、その背後にいる者の狙いはだいたい見えてきた。

魔王軍の戦力の弱体化だ。

つまり、それによって漁夫の利を得る者が今回の黒幕――。

と、
ばしゅっ……！

突然横手から飛んできた光線が、奴の胸を貫いた。

「えっ……!?」

一瞬の出来事だった。

「久しぶりね、シオン」

現れたのは、四つの人影。

いずれも美しい少女たちだ。

「君たちは――！」

俺は呆然と彼女たちを見つめた。

聖騎士ティアナ。

大聖女カトレア。

弓聖イングリット。

極魔導師ユーフェミア。

かつての勇者パーティの仲間たちが、そこにいた。


「どうして、君たちが……」

俺は呆然としたまま立ち尽くしていた。

ティアナたちは敵として現れたのか？

半年前、彼女たちから受けた仕打ちを思い起こし、俺は自然と警戒心を強めた。

と、

「ごめんなさい、シオン！　あたしたち、どうかしてた！」

ティアナが、そして他の三人がいっせいに土下座した。

「君たち――」

俺は突然のことに呆然となる。

正直、気持ちが揺れ動いていた。

彼女たちに裏切られ、殺されかけたとき——悲しみと絶望だけがあった。

そして、それは今も俺の心を苛(さいな)んでいる。

何年も一緒に戦って、信頼してきた四人から土壇場(どたんば)で裏切られたんだからな。

けれど——やっぱり、それでも信じたい気持ちがある。

「あのとき……シオンとあたしたちの攻撃でダメージを負った魔王ヴィラルヴォードは、治癒魔法か何かで復活しようとしていたのよ。それも以前よりもパワーアップした状態で」

「シオンさんの位置からは見えなかったでしょう。でも後方にいたわたくしたちは目撃したのです」

「そうそう、魔王はすごい速さで肉体を再生してた。しかも魔力が一気に上がってた。あのままだと、たぶんシオンは殺されてた」

「勇者であるシオンが倒れれば万事休す。その前に魔王を倒すしかない。だから私たちは——やむを得ず、勇者の爆破術を使った」

ティアナ、カトレア、イングリット、ユーフェミアが口々に言った。

彼女たちの話をまとめると、つまり——俺はこの四人に自爆させられなかったとしても、ヴィラによって結局は殺されていたということか？

「そんなこと、今さら言われても……」

それに、あのとき君たちは楽しげに俺を殺そうとしたじゃないか。

「信じられないよね？　うん、分かってる」

ティアナが俺を見つめた。

その目に涙が浮かんでいる。

「シオンを殺すのがつらくて、苦しくて――楽しそうな態度を装ったの」

「えっ……？」

「そんなことをしても苦しみは消えないのにね……」

ティアナはそう言って嗚咽した。

「そもそも、そんなことシオンには関係ない……あなたにとって、あたしたちは憎い敵よね？　あたしたちがシオンを爆殺しようとしたことに変わりはないから」

「俺は……」

「あたしたちを斬りたいなら、そうして。あたしたちはそれを受ける覚悟がある――」

ティアナが顔を上げた。

「っ……！」

そんなことを言われて斬れるわけがない。

甘いかもしれないが、無抵抗の相手を斬ることはできない。

俺は聖剣を鞘に納めた。

だけど、彼女たちを完全に信じることは――やっぱりできない。

ああ、心が張り裂けそうだ。

俺は彼女たちのことを本当の仲間だと思って戦ってきたから。

魔王軍との苦しい戦いの中で、なんとか心折れずにやってこられたのは、ティアナたちの支えがあったからだ。

感謝してもしきれない。

だから、

「……君たちは、なぜここに？」

過去のことは置いておき、たずねる。

今はまず呪詛兵器について対処しなければいけない。俺の過去のわだかまりはいったん忘れよう。

……忘れるんだ。

「魔王軍の情報が入ってきたのよ」

ティアナが言った。

「情報？」

「あたしたちは魔王軍の動向を常に調べてる。で、斥候の一人が魔王軍の動きを伝えてきたの」

ティアナが身を乗り出すようにして俺を見つめる。

「魔王は、わざと魔界の内部を混乱させ、意図的に呪詛兵器を人間界に放った、と」

「えっ……」

「魔王の敵対者が呪詛兵器を人間界に持ち出した――というのは、魔王が描いたシナリオよ。本当は魔王自身が裏で手を引いている」

ティアナが語る。

「何を……言っている……?」

「人間界で呪詛兵器を炸裂させる。けれど、それは魔王の意図したことではなく、あくまでも『事故』だった――と」

ティアナが顔をしかめた。

「邪悪な魔王らしい狡猾なシナリオね」

「ヴィラが、そんなことを……!?」

ありえない。

俺は半年間、彼女の側にいたんだ。彼女とは心が通じ合ったと思っているし、信頼もしている。

「魔王を信じているの、シオン?」

ティアナがたずねた。

「それは……」

「あたしたちは魔王のことをよく知らない。でも、あなたはずっと一緒にいたんでしょう? 信じるというなら、そうすればいいと思う」

揺らぐ俺の気持ちに対し、ティアナは微笑むだけだった。

「ただ、あたしたちは信頼できる情報を得ている。それに照らし合わせると――やっぱり魔王は人類の敵対者としか思えないの。シオンを手駒にするために半年かけて懐柔したんだと思うし、今回の呪詛兵器の件も、人間界に大きなダメージを与えるための自作自演だ、って」

そんなことが……。

「馬鹿な。ヴィラが、そんなことを……」

頭の中がぐるぐると回っていた。

「彼女は魔族よ。人間とは違う行動原理で動く種族。そうでしょ？」

「人間とは、違う――」

そうだ、ヴィラは魔族だ。

いや、それでも俺はヴィラを信じたい。

俺は。

俺は――！

駄目だ、思考がまとまらない。

混乱しているのが自分でも分かる。

その混乱を抑えられない。

気持ちを鎮められない――！

「……ヴィラに会わなければ」

そうだ、悶々としていても仕方がない。

直接本人に会って真偽を確かめなければならない。

呪詛兵器への対応についても相談する必要があるしな。

「シオン……？」

「俺は行くところがある」

言って、俺はティアナたちに背を向けた。

「さよならだ」

「……もう会えないの？」

ティアナが言った。

「もし、許してくれるなら――あたしは、今でもあなたと一緒にいたいと思ってる」

「ティアナ……」

「虫がいいことを言ってると思うでしょ？　でも本気なの」

彼女は泣いているようだった。

演技だとは思いたくなかった。一時は仲間だった相手だから。

ただ、俺は――。

「もう行くよ」

今さら、ティアナたちに復讐しようとは思わない。

けれど、

「君たちとは、もう仲間に戻れない」

決別の台詞だった。


俺はいったんヴィラと合流するために飛行魔法で飛び上がった。

「シオン！」

と、ちょうど前方からヴィラが飛んでくる。

「呪詛兵器の反応が妙だ……何かあったのか!?」

「実は――」

俺はルドウィグとの攻防について話した。

「呪詛兵器が自動炸裂モードになっただと!?」

ヴィラの表情がこわばる。

「あと一日足らずで……」

「止める方法はないのか、ヴィラ？」

「……分からない。魔王城に戻って調べてみるしかない」

青ざめた顔で告げるヴィラ。

その様子は演技には見えなかったが、どうしてもティアナたちの言葉を思い起こしてしまう。

呪詛兵器を人間界に持ち出したのは――本当はヴィラの策略なのだと。

半年間で最大の敵である俺を——『勇者シオン』を懐柔し、そのうえで呪詛兵器をもって人間界に壊滅的なダメージを与える。

すべては仕組まれていたことだったのだ、と。

いや、そんなはずはない。

そんなこと、信じたくはない！

「とにかく、一度魔界に戻ろう。そのうえで今後の対応を協議する」

ヴィラが言った。

「あと一日のうちになんとかしなければ、人間界で多くの者が犠牲になる——」

対応を協議、か。

だがそれはヴィラが信用できる相手なら、の話だ。

もしティアナたちが言った通り、ここまでのすべてがヴィラの策略だったなら——。

消えない不安が、俺の中に残っていた。

第7章　人と魔の隔絶

「計画は順調に推移している――」

『暴風王（ぼうふうおう）』は玉座（ぎょくざ）でほくそ笑んでいた。

ずっと切望していた魔界の王の座が、もうすぐ自分のものになる。

先代魔王がその座を退き、後継者を指名することになったとき、選ばれるのは自分だと信じて疑わなかった。

当時の魔界で、もっとも権勢を誇っていたのは、間違いなく彼だったからだ。

だが――選ばれたのは彼ではなく、一人の女魔族だった。

潜在能力こそ高いものの、彼に比べれば戦闘力は未熟で、政治的な経験もないに等しい。

王の器として明らかに劣っていた。

強（し）いて言えば、彼女の姉が当時魔界最強と呼ばれた魔族だったことくらいか。

だから姉と同じ資質を持っていれば、いずれ彼女――ヴィラルヴォードも強くなったかもしれない。

とはいえ、現時点では暴風王の方がはるかに強大な力を有し、人脈などの政権基盤の確かさも比較にならなかった。

彼は納得がいかなかった。

だが、先代の魔王に理由を問い質した結果、彼は疎んじられ、辺境に追いやられてしまった。

謹慎処分を科され、魔界の重職を解任された。

屈辱だった。

やがて、ヴィラルヴォードが新たな魔王として即位した。

それと同時に謹慎は解かれたものの、彼は魔王に膝を屈するのをよしとしなかった。

虎視眈々と、次の魔王の座を狙っていた。

いずれは勝負手を仕掛けようと考えていた。

魔王が勇者との戦いで傷を負い、求心力が低下したのをきっかけに、最適なタイミングを見計らっていた。

「そして……ついに時は来た」

『暴風王』の声に熱がこもった。

勇者パーティの一味をそそのかして『聖なる力』の一部を借り受け、開かずの間を開けることに成功した。まんまと魔王城最下層に侵入して呪詛兵器を奪取することができた。

最大パワーで稼働した呪詛兵器は誰にも止められない。たとえ魔王ヴィラルヴォードの超魔力をもってしても。

まして彼女は勇者と戦った際の、傷が原因で弱体化している。

四天王や魔王軍を総動員したところで、雑魚がいくら集まっても同じこと。呪詛兵器を止めることはできず、仮に魔界で炸裂すれば大多数の魔族が犠牲になる。

いくら人間界と平和な関係を築こうとしている魔王ヴィラルヅォードといえども、呪詛兵器を魔界で炸裂させるという選択肢は取らないだろう。

魔界で被害を出さないためには、人間界に送られた呪詛兵器をそのまま放置するしかない。

「ワシの試算によれば、全人類のおよそ六割が滅ぶ——」

彼の目が鋭い光を放つ。

人間界を犠牲にして魔界を守った……そうなれば魔王ヴィラルヅォードは支持基盤である穏健派からの信頼を失い、勢力を弱めるはず。

そのときこそ、彼が新たな魔王の座を得るために動くとき。

魔界では少数派になりつつある『純粋悪』の一派を束ね、ヴィラルヅォードから魔王の座を奪うのだ。

「くくく、もう後戻りはできん。ワシがあの小娘から新たな魔王の座を奪い取るか、それとも——滅ぼされるか」

賽は、投げられたのだ。

※

俺とヴィラは今後の対応を協議するため、いったん魔界に戻った。

呪詛兵器には見張りをつけ、事態に変化があれば連絡させる手はずになっている。

そして現在、俺とヴィラは四天王とともに魔王城の最上階にある会議室で話し合っていた。

「呪詛兵器がフルパワーで放つ呪詛……その被害の及ぶ範囲は人間界の三分の二近くにもなるだろう。人類の大半が死滅しかねない」

「そんな広範囲に……！」

俺はゾッとなった。

人間界で親しくしていた友人や知人、そして魔王軍との戦いを通じて出会った戦友たち。

彼らの大半が——あるいは全員が、死んでしまうかもしれない。

「だからこそ永久封印されたのだ。残った人間たちは未来永劫、魔界を憎み、死力を尽くして我らと戦うだろう。最終的に魔界が勝つとしても、我々も大きな損害をこうむる。当時の魔族たちはそう考えた」

「人間界を救う方法はないのか⁉」

俺は身を乗り出した。

「別に、人間なんてどうでもいいじゃない」

アーニャが言った。

「そりゃ、わざわざ敵対したいわけじゃないけど、今回の件はしょうがないでしょ。『純粋悪』の連中がやったことだし、呪詛兵器の炸裂は止められないみたいだし、不可抗力よ、ふかこーりょく」

「っ……！」

「えっ、何？　シオンくん、なんでそんなに怖い顔してるの？　だって魔界で炸裂するんじゃないんだよ？　あたしたちに被害が出るんじゃないんだよ？」

「人間たちに被害が出る」

「だから、ふかこーりょくだってば。なんで、そんなに人間に肩入れするのよ？」

アーニャは不思議そうにしている。

残りの四天王たちも似たような態度だ。

――それは、そうだろう。君たちは魔族なんだから。

でも、俺は人間だ。

肩入れするのは当たり前だ。

「たとえば……ヴィラの結界魔法で兵器を封印してしまう、というのは無理なのか？」

「一度起動状態に入ってしまうと、私でも無理だな」

俺の提案にヴィラは即座に答えた。

「ただ……あらかじめ呪詛兵器の周囲に結界を張っておき、炸裂した後の呪詛が拡散するのをある程度抑えることはできる」

「実際にやってみなければ分からないが、被害を多少防ぐことはできるかもしれない」

「ある程度、か」

「ただ……人類の何割かが死滅することに変わりはないな。割り切るしかあるまい」

言って、ヴィラは俺を見つめた。

ヴィラの表情はゾッとするほど冷たかった。

魔王として、魔界の平和と人間界の犠牲とを天秤(てんびん)にかけ、そして冷徹に判断している……そんな顔だった。

「現状で呪詛兵器への対応は二択だ。このまま人間界で炸裂させ、多くの人間を見殺しにするか、あるいは魔界に戻すか」

「魔界に戻すのは論外でしょ。人間を救うために、わざわざ多くの魔族を犠牲にするわけ？」

アーニャが呆れたように言った。

「二択じゃなくて一択。このまま人間界でどーん、と炸裂。はい、おしまい」

「……！」

俺は思わずアーニャをにらんだ。

「このまま人間界で炸裂？　簡単に言うな！」

そんな俺の声にかぶせるように、

「確かに一択だろうな。他に方法がない」

「多くの人間たちが滅(めっ)する事態は今後のことを考えても好ましくないけど……仕方ない……大

量の人間が滅する運命だった……滅する滅する」

「魔界の民を守るため」

アーニャ以外の四天王たちが言った。

「……ヴィラちゃんはどうしたいの？　それと、そちらの英雄さんは？」

アーニャがヴィラと俺を交互に見つめた。

「私としては……」

しばらくの沈黙の後、ヴィラが口を開く。

「重い決断を下すしかないと思う」

「重い決断……？」

嫌な予感がした。

それはつまり、人間界に多大な犠牲を出してでも、魔界だけは守るということだろう。

ヴィラが、そんな決断を下すとは思えない。

だけど――やっぱりその嫌な予感は拭えない。

「呪詛兵器はこのままでは広範囲に被害をまき散らす。もはや炸裂を止めることはできない」

「呪詛兵器を人間界に持ち込んだのは魔族だ。魔界側にはこの始末をつける責任があるんじゃないのか？」

「仮に魔界に呪詛兵器を持ち帰れば、多くの犠牲が出る。多すぎる犠牲が……」

ヴィラは苦悩の表情だった。

だろう」

「筋を通すことは考えず、人間界で呪詛兵器を炸裂させるのもやむを得ぬ状況と割り切るべき

「ヴィラ！」

俺は思わず叫んだ。

「君は、本気で人間界を犠牲にする気か！」

「……魔界を救うためだ」

「ん。人間たちには気の毒だけど仕方ないよね。それとも——人間のために魔界を犠牲にする気？」

アーニャが俺をにらんだ。

「……確かにあなたは人間だけど、今は魔王の夫だよ？　なら、魔族の側に立って考えなさいよ……！」

と、この場で俺が人間であることを知っているのはヴィラを除けば彼女だけなので、他の四天王には聞こえないように耳元でささやく。

「っ……！」

俺は言葉を失った。

他の四天王も同じように俺をにらんでいる。

彼らからすれば、魔界よりも人間界を優先するような俺の言動は不可解に違いない。

当たり前だ。

だけど、俺は――。

「『暗黒騎士』殿ともあろう方が……」

「まるで人間の味方みたいな……」

「むしろ裏切り者」

四天王たちが口々に言い募る。

完全に立場が悪くなってしまった。

「シオン」

ヴィラが俺を見つめた。

その瞳に、いつもの優しい光はない。

「魔界の王は私だ。魔界にかかわることに関して、最終決定を下すのも私だ」

俺を見つめるヴィラの視線は凍てつきそうなほど冷たく――。

まさしく『魔王』の目だった。

※

古ぼけた城の中に、ティアナたち四人は集まっていた。

「呪詛兵器は魔界で炸裂させて、魔王の勢力を削ぐ――あなたはそう言ったわよね！　なのに呪詛兵器は人間界に放たれた……話が違うじゃない！」

ティアナは猛抗議していた。

「こちらの手違いだ。部下が暴走した……心から申し訳なく思う」

城の中に重々しげな声が響く。

彼女たちの協力者――魔界の有力者である『暴風王』だ。

ここはティアナたちが『暴風王』と連絡を取るための拠点だった。

「最初の計画通り、シオンが魔王に疑念を持つように誘導したけど……呪詛兵器が人間界で炸裂してしまったら、あなたにとっても計算違いでしょう？」

呪詛兵器が魔界で炸裂した場合、現魔王であるヴィラルヴォードの不手際を糾弾し、暴風王は勢力を伸ばすことができる――それが彼の側のメリットだったはずだ。

だが、呪詛兵器が人間界で炸裂すれば、そのメリットは享受できなくなる。

「そうだな……ワシにとっても痛手だ」

言いながら、暴風王に慌てた様子はなかった。

まさか、とティアナは気づく。

本当は、彼にとって呪詛兵器がどこで炸裂しても問題なかったのではないだろうか。

どちらにしても、彼には利益がある……そんな目論見なのだろうか？

「こうなれば兵器を止めるすべはないが……お前たちが助かるすべはある。いや、むしろこれはこれで好都合では？」

暴風王の言葉に、ティアナは己の考えを中断し、ハッと顔を上げた。

「……どういう意味よ」

「呪詛兵器を魔界から持ち出し、人間界で炸裂させようとしているのは魔王と通じる裏切り者の勇者シオン。そして人類の敵と化したシオンを討つのがお前たち――このシナリオならば、お前たちは英雄となるだろう」

「でも、シオンを討つといっても、魔王が味方についてるから不可能でしょ？」

ティアナがたずねた。

「シオンはあくまで人間だ。今は魔王と行動をともにしているとはいえ、今回のことで決別することになるだろう」

暴風王が言った。

「お前たちはそこに付けこみ、シオンに取り入りつつ、上手く奴の油断を誘うのだ。できるか？」

「当たり前でしょ？　あたしたちは元々シオンの仲間。特にあたしはシオンから想われていたんだから」

「むしろティアナの片思いだったじゃーん」

『弓聖』イングリットがケラケラと笑った。

「そこツッコまない」

憮然とするティアナ。

「だって事実だし。ふふふ」

なおもイングリットは含み笑いをする。

昔から彼女のこういうところが苦手だった。

こちらが『その話題をやめてほしい』と思っても、自分が楽しいと思ったら絶対にやめない。

よく言えばマイペースだが、悪く言えば他者への思いやりが薄い。

『弓聖』イングリット。

勇者パーティに加わる前は、森で狩人をしていたのだとか。

弓の腕は天下一品で、魔王軍との戦いで頭角を現し、やがて勇者パーティの一員として抜擢された。

世界の英雄の一人となっても、イングリットは変わらなかった。

気ままに戦い、作戦を無視して敵を射る。

ただ、それでも戦功を挙げ続けてこられたのは、彼女の天性に依るところが大きいのだろう。

ただ天才にありがちなことなのか——彼女はどこまでも他人に対して無頓着だ。

「いい加減、嫌になるときもあるのよね……」

「ん、何か言った～？」

「他人に気を遣うことを覚えたら、って言ったの？　あんたは我が道を行きすぎなの」

「それがボクのいいところだもーん」

やはりイングリットには何を言っても無駄なようだ。

はあ、と内心でため息をつくティアナ。

「現在のシオンには二つの情があるはずだ。人間界への変わらぬ想いと、この半年で芽生えたであろう魔王や魔界を慈しむ心と」

暴風王はそんなやりとりを完全に無視して告げる。

人間同士の感情の機微になど興味はないのだろう。

「そこに隙が生まれる。まともに戦えば、奴は最強だが――迷いを抱えた今、お前たち四人なら勝てるだろう」

「シオンを――『世界の敵』を討ち、真の英雄になる……ということね」

そうなれば、メリーアン殺しの汚名など簡単にそそげる。

四人は意気込んだ。

第8章

呪詛兵器封印戦

魔王城の会議室――。

「シオン、納得できないようだから、もう一度言おう」

ヴィラが俺を見据えた。

にらみつけるような鋭い眼光で。

「呪詛(じゅそ)兵器は魔界に持ち帰らず、このまま人間界に置いておく。それが私の最終決定だ」

「っ……！」

俺は言葉を失った。

目の前がグルグルと回っているような感覚があった。

彼女なら、少なくとも呪詛兵器を人間界で炸裂させるような真似はしないと思っていたのだ。

魔王サイドが意図したことではないとはいえ、呪詛兵器を人間界に持ち込んだのは魔族だ。

なら魔界で呪詛兵器を処分するのが筋だろう。

――もちろん魔族に犠牲が出ないような方法を探るべきだろうけど。

所詮(しょせん)は、人間より魔族の方が大事だということなのか？

人間界との和平を望んでいると言いながら、結局は人間なんてどうでもいいということなのか？

「呪詛兵器の被害の及ぶ範囲はあまりにも広大だ。おそらく、世界の半数以上の人間が呪われ、死んでいくだろう」

「ヴィラ……！」

俺は彼女をにらんだ。

「人間界を犠牲にして魔界を救う、ということだな？」

人間よりも魔族を優先する。

それは魔王のヴィラにとっては当たり前の論理であり、妥当な判断だろう。

理屈では分かっているんだ。

分かっているけど、やっぱり俺は――。

「……さっきから、なんなの」

アーニャが俺をにらんだ。

普段のお気楽な表情じゃない。

本気で怒っている顔だ。

「ヴィラちゃんだって苦渋の決断をしてるんだよ？　それを責めるような――あんた何様のつもりよ！」

アーニャが剣を抜くと、その刀身に氷雪が吹き荒れた。

本気だ。

「……ヴィラだけを責めるつもりはない。だけど、人間界で呪詛兵器が炸裂すれば、魔界と人間界は永遠に戦争状態になるだろう。二つの世界間において平和は二度と訪れない」

「じゃあ、呪詛兵器を持ち帰って、魔界を壊滅させればいいっていうの？　シオンくんはどっちの味方なの!?」

「っ……！」

アーニャの言葉に一瞬言い返せない。

俺は魔族じゃない。だから、魔族側に立った考え方はできていないのかもしれない。

だけど、だからといって人間界で呪詛兵器を炸裂させるのは絶対に間違っている。

それに——、

「まだ呪詛兵器が炸裂すると決まったわけじゃない」

俺はアーニャに、そしてヴィラに言った。

「まだ一日近く時間があるんだ。俺が止めてくる」

「駄目だ。お前は魔王軍にとって貴重な戦力——危険にさらすわけにはいかない」

「なら、俺は魔王軍を抜ける」

「シオン……！」

「じゃあな」

俺はヴィラたちに背を向けた。

「待て、シオン！」

ヴィラの制止にも、俺は振り返らずにその場を去った。


魔王は、わざと魔界の内部を混乱させ、意図的に呪詛兵器を人間界に放った――。

ティアナたちと再会したときに言われたことが頭の中でグルグルと回っていた。

ヴィラがそんなことをするはずがない。

かつては宿敵だった彼女だけど、この半年を一緒に過ごし、政略結婚とはいえ夫婦として過ごし……信頼関係を築いてきたつもりだった。

俺と彼女は、互いに歩み寄ることができていたつもりだった。

でも、全部俺の勘違いだった。

俺がただ――一人で舞い上がっていただけ。

そんなふうに考えたくないのに、ティアナたちの言葉が俺の胸に棘のように突き刺さっている。

人と魔族という種族の違い。

生きている世界の違い。

生きてきた価値観の違い。

文化の違い。
死生観の違い。
そして、それらから生じる断絶。

しょせん人間と魔族とじゃ分かり合えないのか――。

考えていても答えは出ない。
今はとにかく行動だ。
目的に向かって動いている間は、忘れることができる。
そうだ、人と魔族の差異なんて考えていても仕方がない。
今、優先するべきは人間界を守ること。
だから俺は、人間界に行く!

魔界と人間界とをつなぐ『時空間通路』がある『門』の一つは、王都近郊の城の中にある。

俺はそこに押し入った。

守備兵たちがビッシリと固めている正門に進んでいく。

以前に一度来たことがあるが、『門』はこの向こう側——城内の大ホールに設置されているはずだ。

「シオンだ。通るぞ」

宣言してまっすぐ歩いていく。

守護兵たちがギョッとした顔になった。

「い、いけません、『暗黒騎士』様!」

「今は魔王様直々(じきじき)の封鎖命令が出ております! 誰も人間界には通せません!」

「いくら、魔王様の夫であるあなたといえども!」

「悪いが、力ずくで押し通る」

俺は聖剣を抜いた。

説得するつもりはなかった。

そんな時間はないし、余裕もない。

呪詛兵器炸裂まで一日足らず——一刻も早く人間界に戻り、呪詛兵器を止めなければならない。

そんな焦りと気持ちの高ぶりがないまぜになっていた。

「怪我をしたくなければ、どいてくれ！」

床を蹴り、一気に接近する。

彼らも門番を務めるだけあって、それなりの腕を持った高位魔族ばかりだ。

けれど、勇者と魔族の力を併せ持つ俺にとって、相手ではなかった。

「は、速い！」

「速すぎる！」

「動きが見え……ぐあっ」

数秒後、俺は門番たちを全員打ち倒していた。

「すまない。しばらく眠っていてくれ」

全員、峰打ちだ。

とはいえ、半日くらいは目覚めないだろう。

「いくぞ、ファリア」

「……ヴィラたちと決別するのか？」

ファリアがたずねる。

「分からない。俺は――」

別れたくは、ない。

ヴィラは俺にとって大切な存在だ。

だけど、人間界で呪詛兵器を炸裂させるという決定だけは、絶対に見過ごせない。

「だから――今はただ呪詛兵器を止めることだけを考える」

「了解だ」

今は、ファリアだけが俺の味方だった。


時空間通路【虚無回廊(ウエルヴオイド)】を通った俺は、人間界に降り立った。

「とんでもなく禍々(まがまが)しい魔力だな……」

おそらく数十キロは離れているはずだけど、探知しなくても分かるくらいに強大な魔力を感じる。

どうやらライクス王国からは移動していないみたいだ。

「起動状態の呪詛兵器が炸裂するまで、あと何時間もないだろう……いくぞ」

俺は飛行魔法を使い、十分ほどでライクス王国の王都にたどり着く。

「あれだ――」

さっきと同じ場所に紫色のオーラに包まれた宝玉(ほうぎょく)があった。

最後に見たときより宝玉自体が巨大化している。今は直径十メートルくらいあるだろうか。

ヴィイ……ンッ……！

呪詛兵器は不気味な鳴動を繰り返していた。

中心部に『1：13：27』という数字が表示されており、
カチッ、カチッ、カチッ……。

音とともに秒数が『1：13：26』、『1：13：25』と一つずつ減っていく。

最初は残り二十四時間だったが、カウントダウンがかなり進んでいる。

「そんな……!?　どうして——」

俺は愕然とした。

炸裂まで残り一日足らず、というところで魔界に戻り、ヴィラたちと会議で決裂し、時空間通路を使って人間界にまた戻って——。

「……そうか、【虚無回廊】は時間の流れが不規則だってヴィラが言っていたな」

あのときは空間魔法に長けた彼女が一緒だったから、タイムラグなしで移動できたけど、今回は俺一人での移動だったから、時間に大幅なズレが生じてしまったんだろう。

「あと一時間と少し……なんとかするしかない」

俺の中で焦燥感が一気に高まった。

「ファリア、呪詛兵器を『解呪』することはできるか？」

「現在、呪詛兵器は強力な結界に包まれている。このままでは無理だ」

俺の問いに答えるファリア。

「ただし、コアとなっているもともとの宝玉を取り出すことができれば可能かもしれない」

「コアを……」

「だが、コアは何百層もの装甲に守られた呪詛兵器の中心部にあり、取り出すのは非常に困難だ。数百年前、当時の勇者とともに呪詛兵器と一戦交えたことがあるが、とても歯が立たなかった」

ファリアが説明する。

その口調に苦いものが混じった。

「結果、炸裂を止められず——当時の呪詛兵器は今よりかなり小型だったが、それでも周辺の十か国以上が滅んだ」

やはり呪詛兵器は恐るべき殺傷力を持っている、ということだ。ましてや今回の呪詛兵器は当時のものよりも大きいというし、ヴィラが言っていた『人類のほとんどが滅びる』という話も誇張ではなさそうだ。

「俺がフルパワーでスキルを打って、装甲をまとめて全部壊すっていうのは？」

「コアごと壊れる危険性がある。そして、コアに少しでも傷がつけば、その場で炸裂する」

「……威力が強すぎてもダメか」

厄介な兵器だった。

もっとも、そんな簡単に止められるような仕様なら、そもそもヴィラだって魔界で呪詛兵器を停止させようとしたはず。

「なら、地道に装甲を削っていくしかないな。ファリア、威力の調整を頼む。俺はそれに合わせて斬撃を放つ」

「了解だ。制御は私が、斬撃は君に任せる」

俺の要請に即答するファリア。

ここは俺とファリア――勇者と聖剣のコンビネーションが決まるかどうかにかかっている。

「いくぞ――」

『当該(とうがい)兵器に対する強い敵対意志及び敵対行動の予兆を観測。当該兵器に重大な損傷を及ぼす危険あり。危険を排除する』

ふいに呪詛兵器から機械的で平板な音声が流れた。

「なんだ……？」

こいつ、自分の意思を持っているのか？

『敵性体の排除のため、当該兵器の守護兵を配備……【生成・魔呪兵(まじゆへい)レベル4】』

呪詛兵器から紫色の霧(きり)が広がり、その霧の中から黒い鎧(よろい)をまとった兵士が出現した。

数は四体。

そいつらが呪詛兵器をグルリと囲むようにして構えた。

「なるほど、守護兵か……」

「気をつけろ。一体一体が高位魔族――それも魔王の側近並みの強さを持っているぞ」

警告するファリア。

「相手がどれだけ強くても関係ない。全部倒して、呪詛兵器を止める」

「了解だ」

ヴンッ……！

聖剣の刀身にまばゆい光が宿った。

【解呪】の力を刀身にこめてある。これなら呪詛兵器の守護兵にも通じるはずだ」

「よし、それなら──」

さっさと片付けるか。

俺は一足飛び（いっそくとび）で守護兵のうちの一体に肉薄した。

おおんっ！

四体の守護兵はうなりながら、いっせいに攻撃してくる。

剣のように長い爪で、胴体から発射する光弾で、背中に装備した魔法の矢で──。

だけど──俺には見えている。

俺は、さらに加速した。

爪を、光弾を、魔法の矢を、すべてかいくぐり、まず手前の一体を斬り伏せる。

「一つ！　次！」

返す刀でもう一体。

「二つ！」

おおんっ！

残る二体が左右から斬りかかってきた。

　だが、遅い。

「三つ、四つ！」

　連撃で二体を続けざまに斬り倒す。

「──恐るべき剣の冴えだ。この土壇場で、さらに進化している」

　ファリアがうめいた。

「今の君には……四天王はおろか、魔王ですら相手にならないだろう」

「あとはあいつを倒すだけだ」

　俺は呪詛兵器に近づいていく。

　と、
　ぐうううおおおおおおおおおおおおおんっ。

　呪詛兵器から咆哮のような声が轟いた。

　宝玉がさらに膨れ上がり、大きく姿を変えていく。

「おいおい……」

　俺は半ば呆れ、半ば苦笑した。

　呪詛兵器はどんどん変形し、翼や四肢、尾が生えていった。

「こいつ自体が攻撃に特化した姿に変化できるのか──！」

　るおおおおおおおおおおおおおおむっ。

巨大な機械の竜と化した呪詛兵器が、雄たけびを上げた。

その声だけで衝撃波が発生し、街の建物がほとんど吹き飛ばされてしまう。

一瞬にして王都は廃墟と化した。

「【魔竜形態】だ。奥の手を出したようだな」

ファリアがうめく。

「当時の勇者は、この魔竜によって再起不能の傷を負った。気をつけろ、シオン」

「要するに手ごわいってことだな」

俺は気を引き締め直した。

けれど、打ち倒すしかない。

俺がやるしかないんだ。

俺ができなければ、この世界で多くの人が死ぬことになる。

「最終決戦といくか」

人間の、勇者としての使命を果たすために。


ごうっ！

魔竜と化した呪詛兵器の口から紫色のブレスが吐き出される。

どんな害をもたらすのか分からないが、間違っても触れたいとは思わない。

「ちいっ……」

俺は大きく跳び退った。

ブレスが触れた辺りの地面が白煙を上げ、ボロボロに腐食していく。

「もし人間の体に触れたら……」

俺はゾッとなった。

「まあ、肉も骨も腐り落ちるだろうな」

「だよな」

俺はファリアと話しつつ、剣を構える。

「あのブレスを聖剣のスキルで防げると思うか？」

「やってみなければ分からないが——たぶん無理だな」

と、ファリア。

「もともと聖剣のスキルは攻撃重視だ。防御には向いていない」

「なら——攻撃で圧倒するしかないか！」

俺は聖剣を手に突進した。

最高速まで一気に加速する。

魔竜の口が開き、そこに紫色の輝きが集束した。

ブレス二撃目が来る――。

「――より速く攻撃すればいいんだろ！」

俺は最高速の状態から、さらに無理やり加速した。

「ぐっ……！」

体が、きしむ。

以前の俺だったら、おそらく足が壊れていただろう強引な加速。

けれど、半年前にヴィラの治癒を受け、魔族の因子を体に取り込んだ今の俺なら――。

両足に渾身の力を込め、俺は最高速を超えたスピードで魔竜に肉薄した。

驚いたように俺を見る魔竜。

その首元に、

「おおおっ……！」

渾身の斬撃を叩き込む。

――いや、叩き込もうとした。

るぐおおおおおっ……！

魔竜が異様な咆哮を上げると同時に、その全身から紫色の輝きが放たれた。

がきんっ。

聖剣が、弾き返される。

「なんだ……!?」

魔竜の姿が変化していた。

装甲はより分厚く、物々しく、そして体も一回り大きくなっている。

「強化された……!?」

次の瞬間、強烈な尾の一撃を受けて、俺は吹き飛ばされていた。

「が、がはっ……」

見えなかった。

さっきまでは見えていた奴の攻撃が。

今は、見切れないほど速くなっている――。

「苦戦しているみたいね、シオン。無限に強化されていく魔竜形態となった呪詛兵器を一人で破壊するのは不可能よ」

突然、背後から声が響いた。

「えっ……!?」

振り返ると、そこにはティアナたち四人の姿があった。

かつての勇者パーティ勢ぞろいだ。

「ティアナ……!?　それにみんなも――」

「君たちとは、もう仲間に戻れない――シオンからはそう言われたけど、やっぱり離れられない」

ティアナが涙を浮かべながら俺を見つめた。

「あなたを守るために、一緒に戦う」

「そして、世界を守るために――ですわ」

「ボクたちだってやるんだからね！」

「勇者パーティ復活」

さらに大聖女カトレアが、弓聖イングリットが、極魔導師ユーフェミアが――口々に告げる。

一度は俺を裏切った仲間たち――。

だけど、正直に言って、この苦境で彼女たちが現れたのは心強かった。

「あたしたちを信じられないなら、それでもいい。でも、今は人間界全体のピンチでしょ？共闘する理由はそれで十分じゃない？」

「……分かった。じゃあ、いつも通りの陣形でいこう」

俺はティアナたちに言った。

「あたしとシオンが前衛ね」

と、彼女が隣に並ぶ。

「よろしく」

懐かしさがこみ上げる。

何年もこうやって戦ってきたんだ。

そして、高揚感も——。

「いくぞ！」

もう一度だけ、勇者パーティ結成だ！

「おおおおおおっ！」

俺は雄たけびを上げて、魔竜に向かっていく。

「ティアナは反対側から回り込め！　イングリットとユーフェミアは援護、カトレアは防御と回復を！」

叫びつつ距離を詰める。

形態が変わったとはいえ、魔竜は呪詛兵器としての能力や武装をそのまま使えるだろう。

空間をも歪める【怨念砲】——おそらく、それが魔竜の主武装だ。

そいつを避けつつ、まずは一撃叩き込んでやる……！

「【連射】！」

「【光弾】！」

「【雷撃】！」

イングリットの弓が、カトレアとユーフェミアの魔法がそれぞれ魔竜を牽制(けんせい)した。

「ほら、こっちよ！」

さらにティアナの斬撃が魔竜の注意を引きつける。

奴に一瞬の隙ができたのを、俺は見逃さなかった。

「今だ――」

突進し、聖剣を振りかぶる。

「【戦刃斬(リゼルブレード)】――」

渾身の一撃を叩き込もうとした、そのときだった。


ざんっ……！


「が……はっ……⁉」

突然、背中に熱い衝撃が走った。

魔竜の攻撃じゃない。

今の一撃は『背後』からのものだ。

「あらあら。さすがの勇者シオンも一瞬油断しちゃった？　あたしたちともう一度仲間になれた、って」

「ううう……」

俺は苦痛にうめきながら振り返った。

「あんな手ひどい裏切られ方をしたのに、またあたしたちを信じちゃった？　本当にお人好しよね、シオンって」

血まみれの剣を手にしたティアナが笑っていた。

「おかげであなたの隙を衝くことができたけれど」

「ティアナ……!?」

「人間界の敵である元勇者シオンは呪詛兵器を人間界で炸裂させ、世界に大いなる災厄をもたらした——今回の事件の筋書きはこれ。あたしたちの罪は、すべてあなたにかぶってもらうわよ！　あははははははは！」

ティアナが哄笑する。

「実はね、あたしたちもいろいろと大変な状況なのよ。王女を殺してしまったり、それを誤魔化したけど隠しきれなくなったり……崖っぷちなの」

「だから手柄を立てて、それを帳消しにしようと思いまして」

「世界の敵である君を殺せば、ボクたちは『王女殺し』ではなく『大罪人シオンを討った英

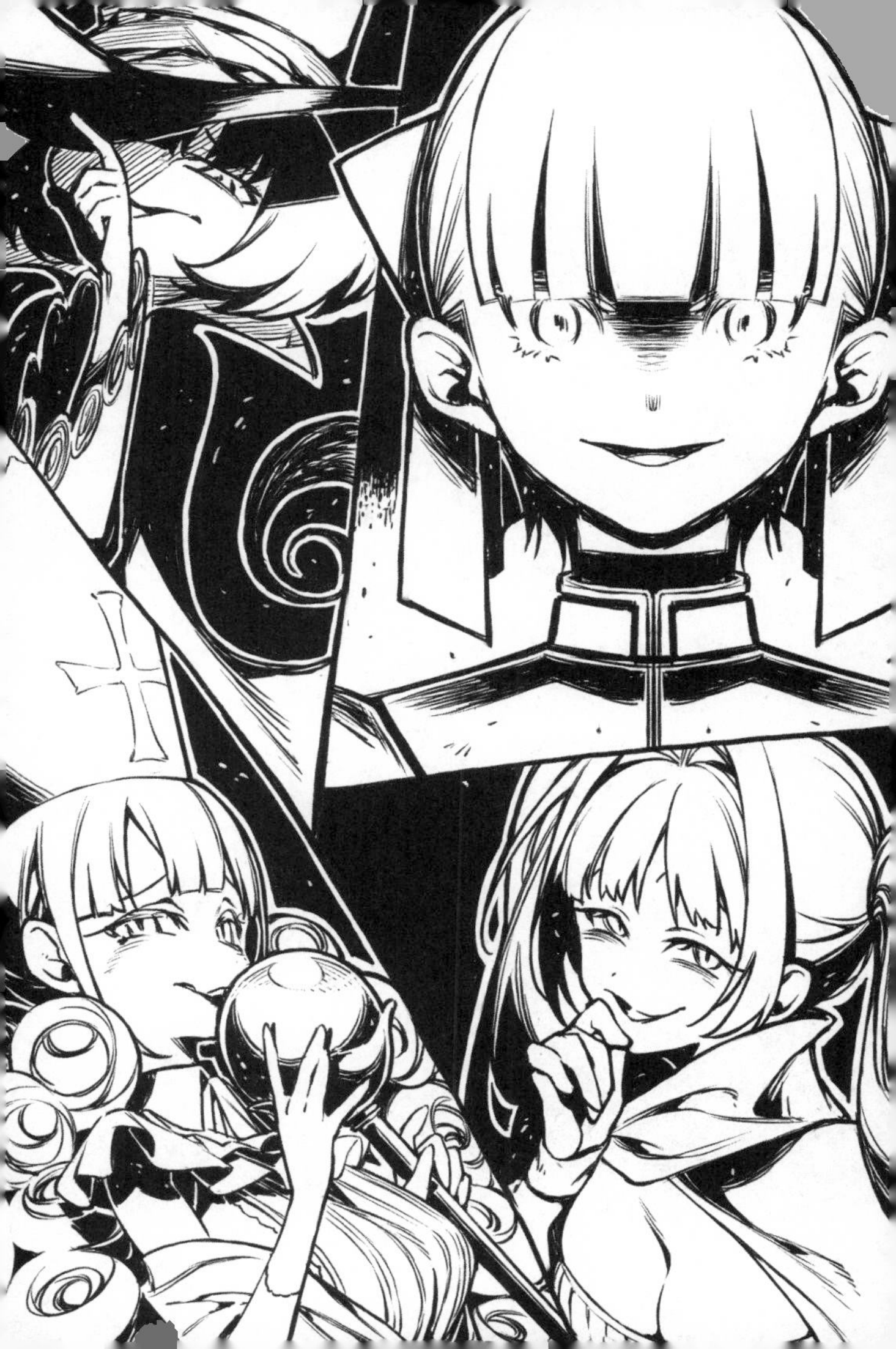

雄』として祭り上げられるんだよね」
「私たちの踏み台になるため、元勇者には死あるのみ」
四人が口々に言った。
「最初から……俺をだましていた……のか……」
──本当は、心のどこかで分かっていたのかもしれない。
ティアナたちは最初から俺のことを仲間だなんて思っていないことを。
それでも──心のどこかで、彼女たちを信じたい気持ちを捨てられなかった。
たとえ、単なる未練でも……どうしても捨てきれなかったんだ。
だって何年も、心から信頼する仲間として一緒に戦ってきたんだから。
絆（きずな）を、結んできたんだから。
でも、それは俺の一方的な思い込みでしかなかった。
これから俺はその絆を踏みにじられ、殺されるんだろう。

そして──絶望的な戦いが始まる。

魔竜とティアナたちの一斉攻撃が始まった。

「あっははは！　無様ね、シオン！　それでも勇者なの？」

ティアナの剣が俺を斬り裂く。

すでに背中に大きな傷を受けている俺は、動きが鈍ってしまっていた。

「全部見えてますわよ、あなたの動き」

「ほーら、隙ありぃ！」

イングリットの放った矢が、俺の両足を貫いた。

「くっ……ぐうっ……！」

体中のあちこちを切り裂かれ、貫かれ、焼かれ――俺は苦痛の叫びを上げた。

俺は完全に防戦一方だった。

まず、魔竜形態の呪詛兵器の攻撃力が高すぎる。

それに加え、ティアナたちは熟練した連係攻撃を繰り出してくる。

しかも彼女たちは長年一緒にパーティを組んできたから、俺の動きの癖なんて全部把握している。

とても反撃の隙なんて見いだせなかった。

「ぐっ、あああああああっ……！」

とうとう俺はその場に崩れ落ちる。

「【光弾】！」

「【雷撃】！」

さらにカトレアとユーフェミアの魔法攻撃を受け、俺は聖剣を取り落としてしまう。

駄目だ、ダメージを受けすぎて体に力が入らない……。

「終わりよ――やれ、呪詛兵器」

ティアナの命令とともに、魔竜が口を開いた。

そこに紫色の輝きが集束する。

呪詛のドラゴンブレス。

両脚を負傷した今、避けることはできないだろう。

聖剣がなくては防ぐこともできない。

詰み、だ――。


「【空間結界】！」

突然、横手から飛んできた赤い光が、魔竜の口元を覆った。

これは――結界魔法！

ドラゴンブレスは結界に阻まれ、外まで広がっていかない。

魔竜形態の呪詛兵器の攻撃を封じる結界――。

こんなレベルの結界魔法を使えるのは、魔界広しといえども彼女しかいないだろう。

慌てて振り返るとそこには一人の少女の姿があった。

「ヴィラ……!?」

さらにその後ろにはアーニャたち四天王の姿もある。

「待たせてすまなかったな、シオン」

ヴィラが微笑んだ。

「ようやく『準備』が整ったんだ。だが、お前が呪詛兵器を食い止めてくれていなかったら、間に合わなかっただろう……本当に助かった」

「ヴィラ、それって――」

「礼を言う」

彼女がにっこりと笑う。

「さ、あたしたちでさっさと片付けよ？」

小さく耳打ちした。

「全部終わらせて帰るの。あたしたちの家に」

俺の前でだけ見せる、ヴィラの本当の笑顔で。

「ま、魔王……!?」

ティアナたちが戦慄したように後ずさった。

「——やってくれたな、お前たち」

ヴィラが彼女たち四人をにらむ。

「よくも、シオンを……」

ボウッ！

彼女の全身から黒いオーラが湧き立つ。

さすがは魔王だけあって、あいかわらずの超魔力だ。

「全員消してやるぞ——」

「ひ、ひいっ……」

ティアナたちはさらに後ずさった。

「くっ……みんな、いったん態勢を立て直そう！　どのみち、呪詛兵器が炸裂する前に逃げなきゃ——」

「ですわね」

「賛成」

「異議なし」

と、彼女たち四人はあっという間に飛行魔法で逃げ去っていった。

「ふん、向かってこないのか」

　ヴィラが鼻を鳴らした。

「まあ、奴らなどどうでもいい。今は呪詛兵器のことだ」

　言って、彼女は俺や四天王を見回した。

「手短に作戦を説明するぞ。まず現状だが——魔竜形態の呪詛兵器は無限に強化され、一対一の戦いでこれを打ち破れる者はいないだろう」

　確かに、俺もさっき一度は勝てたと思ったのに、寸前でパワーアップした奴に吹き飛ばされてしまった。

「そうなると勝機は一つだけ。奴が強化を遂げる前に、それを圧倒する力で叩きのめす」

　ヴィラが説明しながら、俺の背中の傷に応急手当て代わりの治癒魔法をかけてくれた。

　——よし、これでかなり動けるぞ。

「具体的には、こちらの全戦力で呪詛兵器を押し込み、そのうえで奴のコアを露出させ、機能停止させる——これは私がやる。ただ、その前段階として、奴のコア周辺の装甲を破壊しなければならない。そのためには、まず奴の動きを止めることだ」

「分かった。なら、『動きを止める』ことに関しては、俺が引き受けよう」

「ん。それはあたしたちもやるよ」

　アーニャが横から言った。

「シオンくんは仕上げをお願い～」

と――、

「おっと、我らもいることを忘れるな」

「四天王だけでは戦力不足。この僕も助太刀しよう」

「私の『不死の軍勢』も援軍として来てやったぞ」

「ちっ、世話が焼ける」

アーニャたちの背後から、さらに十数人の魔族が現れた。

いずれも、四天王を凌ぐほどの強大な魔力を放っている。

「君たちは――」

俺は息をのんだ。

『邪天竜ディルラシアン』や『赤き剣魔グローセル』『不死公爵リィ＝オ』『憤怒の猛獣デルフィーラ』など、かつて俺が魔王への反乱鎮圧の際に戦った魔族たちが何人も交じっている。

「魔界の、有力者たち――！」

そう、誰も彼もが魔王候補になり得るほどの高位魔族ばかりだ。

しかも、その大半はヴィラに反旗を翻したことがある連中だった。

「ふん、俺なんて一度はお前に倒されたからな」

「俺もだ。お前がいなけりゃ、俺が代わりに魔王になっていたんだ」

「あたしだって、魔王の座を奪う計画をあんたに阻止されたわ」

「私も」

「僕もだ」

と、口々に言う王族や貴族級の魔族たち。

「は、はは……」

この状況でいっせいに恨み言を浴びせられるとは思わず、俺は苦笑してしまう。

「今だけは全員が仲間だ。そのために、水面下で動いていた」

「仲間——彼らが」

ヴィラがニヤリとする。

「今の状況がまずい、というのは全員理解している、ということさ」

「魔族の一派が呪詛兵器を人間界で炸裂させ、多大な犠牲を出す——その場合、被害を受けた人間たちには、魔族に対して今まで以上の大きな憎しみを抱くだろう。それは長期的な目で見れば、魔界全体がもっと大きな危機にさらされる——ということになる」

理路整然とした説明に、有力者たちはそれぞれうなずいている。

「彼らは、もともと私と敵対していた者たちばかりだ。だが、今回だけに関して言えば利害が一致する。だからこうして共闘の運びとなったわけだ。呪詛兵器を止めるためには強い戦力が多ければ多いほどいい」

「……教えてくれればよかったのに」

「いや、お前にこのことを教えないというのが、彼らの出した条件の一つだった」

ヴィラが左右に首を振る。

「何せお前は、これまでに彼らの何人かと戦い、打ち負かしてきたのだからな。そんな者と共闘したくない、という意地やプライドと——あとは、だまし討ちされるのではないかという警戒心もあったようだ」

「だまし討ち、か」

「お前は、彼らの誰よりも強い。彼らが警戒するのも無理はない」

まあ、魔界は力がすべての世界だ。

戦闘力が高い者はおのずと警戒される……ということか。

「呪詛兵器を人間界で炸裂させる、って言ったのも、俺にこのことを悟らせないための……カモフラージュとしての言動だったのか？」

「そうだ。隠しごとをしているのは心が痛んだが……」

俺の問いにヴィラがうなずく。

「本当にすまなかった」

「いや、最終的に魔界も人間界も救うためだったんだろう？　謝る必要なんてない……俺の方こそ、一人で抱え込ませて悪かった」

「本当は、シオンをだましたくなかった……だけど、その」

「ん？」

「人間の女たちと会っていたから……」

ヴィラが小さく頬を膨らませた。

「嫉妬して……拗ねてしまったのもある。すまない」

「へっ……!?」

予想外の答えに俺は目を丸くする。

「な、なんでもないっ！」

ヴィラは慌てたように顔を赤くした。

と、

「我らは魔王と共闘する心づもりだったが……この場にこいつがいるとは聞いていないぞ」

彼らが不満げな様子を見せた。

「そこは私の手違いだ。許せ」

ヴィラが彼らに頭を下げる。

「……よもや、我らを罠にはめようというつもりではあるまいな」

「まさか。それに呪詛兵器は炸裂寸前だ。そんな余裕はない」

ヴィラが彼らに釈明する。

「結果的にシオンを交えることになるが……どうか全員で戦ってくれ。頼む」

「……上手く乗せられた気がするが、まあいいだろう」

彼らは俺をジロリとにらみつつ承諾する。

「恩に着る」

ヴィラは彼らに一礼し、

「では、これが最終決戦だ。全員で呪詛兵器を停止させる。いいな？」

おおおおおんっ！

呪詛兵器が雄たけびを上げた。

竜の口が開き、そこから呪詛のブレスが吐き出される——。

「防御結界を！」

ヴィラが指示を出した。

「応！」

何人もの魔族が同時に結界を張る。

「す、すごい——」

いずれも魔王に準ずる力を持つ、魔界の有力者たちだろう。

普段は魔王ヴィラと必ずしも良好な関係を築いておらず、過去に敵対したこともある。

反乱鎮圧の際に戦った相手が何人もいる。

けれど今、彼らはそんな因縁を一時置いて、呪詛兵器を封じるために共闘してくれているんだ。

さらに、

「あたしたちもいるからね！」

アーニャたち四天王が牽制の攻撃を放った。

無敵の魔竜も、これだけの数の高位魔族から次々に攻撃され、撹乱（かくらん）され、連係されて——防戦に追い込まれていた。

動きが明らかに鈍っている。

反撃したくても、それを上手く封じられている、といった様子だ。

「シオン！」

ヴィラの合図を受け、俺は突進した。

「【聖魔融合モード】——【雷帝刹破斬（ブラストレイブレード）】！」

他の魔族たちが魔竜の注意を引きつけ、動きを封じている隙に、俺が聖剣の一撃を食らわせる。

ぐおおおおおおおおおおおんっ！

雷撃をまとった斬撃を見舞われ、怒りの咆哮を上げる魔竜。

明らかに効いている！

この調子で——。

俺たちはふたたび連係し、さらに二撃、三撃と与えていった。

そして。

「あと一撃——」

俺は聖剣を振りかぶった。

すでに七度、魔竜に斬撃を加えた。

さすがの呪詛兵器の装甲も傷だらけだ。

「あと一撃で装甲を切り裂いてコアを露出させられる……！」

だけど、呪詛兵器もまだ暴れ回っている。

正確にコア周りの装甲だけを切り裂けるだろうか――。

「なら、相手の動きを止めるのは、俺たちの仕事だ」

さっき結界を作った連中とは別の魔族たちが進み出た。

彼らもまた、魔王に準ずる実力者たち。

まさに魔界オールスターともいうべき陣容だった。

「これほどの面子(メンツ)が一堂に会し、共闘するなど……二度とないかもしれんな」

ヴィラが微笑む。

「さあ、いくぞ――」

王族級や貴族級の魔族たちが集まり、デバフ系の魔法を何重にもかけ、魔竜の動きを封じ込める。

ぎぃいいいおおおおおおおおおおおおおおおおっ！

魔竜も懸命に抵抗していた。

確実に動きが鈍っているものの、それでもなお手ごわい。

俺は聖剣を手に何度も斬りかかったが、奴の爪や牙、尾に弾き返された。

「くっ、あと一歩が届かない――っ！」

俺は歯噛みした。

やはり呪詛兵器は手ごわい。

史上最悪の兵器と呼ばれるだけのことはある。

「でも、あと少しなんだ……もう少しで――」

「なら、その一歩は私が後押しする」

ヴィラ……!?

「私が前に出る。奴の攻撃を受け止めている間に、お前が横を駆け抜けろ」

「そ、それじゃ、ヴィラがまともに呪詛を食らうことに――」

「わずかな時間なら私の魔力で抑え込める」

不安に思う俺に、ヴィラは力強く言った。

「今の呪詛兵器はみんなの攻撃や封印で、相当に弱っている。これなら多少の時間稼ぎはできるさ」

「多少の……」

「もって五秒だ」

ヴィラが言った。

「その五秒で決めてくれ。お前を信じる」

「ヴィラ……」

「だからシオンも私を信じてくれ。私が呪詛を防いだら、そのまま一直線に走れ」

「……分かった」

俺はヴィラを見つめた。

「俺も、君を信じる」

この土壇場で、あらためて実感する。

本当に信じられる相手が誰なのか。

何年も一緒に戦ってきたティアナたちに、俺は裏切られた。

以来、『他人を信じる』ということに心のどこかで恐怖するようになっていた。

だけど、ヴィラと一緒にいると、その恐怖が嘘みたいに消えていく。

俺は、やっと——心から信じられる相手に出会えたんだ。

人間とか、魔族とか、そんなものは関係ない。

俺はヴィラを信じ、そして戦うだけだ。

「魔王級結界魔法——【万魔封絶神殿(パンデモニウム)】！」

ヴィラの後方に、魔力で生み出された巨大な神殿が出現する。

その神殿から無数の——おそらくは数万本単位の黒い鎖が伸びた。

それらにからめとられ、動きが弱まる魔竜。

「今だ、シオン！」

「おおおおおおおっ……！」

俺は走った。

ヴィラに言われた通り、一直線に。

ヴィラを信じて、ただ一直線に。

聖剣を手に、走る——。


斬っ！


俺の繰り出した一撃は、今度こそ魔竜の装甲を深々と切り裂き、その奥にある宝玉を露出させた。

呪詛兵器のコアだ。

「今だ、ヴィラ！」

「【万魔封絶神殿（パンデモニウム）・封印形態】——」

俺の合図を受け、ヴィラが結界魔法を別の形に変化させる。

「――【絶空封印監】！」

がしいいんっ。

宝玉を囲うように黒い檻が出現し、完全に封印した。

「終わった……のか」

「シオン！」

ヴィラが俺のもとに歩み寄った。

「よくやってくれた」

「みんなのおかげだよ」

俺は微笑んだ。

ヴィラも微笑み、

「お前をだますようなことをして……すまなかった」

深々と頭を下げた。

「ヴィラ、よしてくれ」

俺は首を左右に振った。

「君は魔界を救うために動いたんだ。謝る必要なんてない。おかげで、魔界だけじゃなく人間界も救われた……」

言って、俺は結界に封じられた宝玉に視線を移した。

「呪詛兵器はどうするんだ？」

「現状では封印しておくしか手段がない。消滅させられたらいいんだが、残念ながらその方法は未(いま)だ確立されていないんだ」

ヴィラがため息をついた。

「また誰かが呪詛兵器を狙ってくるかもしれない。危険が完全に去ったわけじゃない」

「なら、俺たちで守っていこう」

俺はヴィラに微笑んだ。

――この戦いに集(つど)ってくれた魔界の有力者たちに、俺とヴィラは一人一人礼を言って回った。

もちろん力を尽くして戦ってくれた四天王たちにも。

一通りそれが済んだ後、

「帰ろう。俺たちの家に」

そう促(うなが)して、俺たち二人は飛行魔法で公邸まで戻る。

「やっぱり家に着くとホッとするな」

今日はゆっくり休もう。

俺も、ヴィラも。

「シオン」

ヴィラが俺に向き直った。

「魔界を救ってくれて……ありがとう」

「救ったのは君だろう」

俺は彼女を抱きしめる。

「ううん。みんなの力よ」

ヴィラが顔を上げた。

先ほどまでの張り詰めた『魔王の口調』ではなく、『一人の少女としての口調』になっていた。

「あたしたち、みんなの——」

柔らかな笑顔だ。

その笑顔を見つめ、愛おしいと素直に思えた。

二人で協力して極限の局面を乗り越えたからなのか。

人間と魔族だとか、宿敵だとか、そんなわだかまりが不思議なほど消えている。

少なくとも今は——ヴィラのことを、ただ一人の愛しい女性として見ていられる。

「んっ……」

ヴィラの方から顔を寄せてきて、俺たちは唇を合わせた。

※

ティアナたちは王都まで逃げ帰ってきた。

途中までは『暴風王』の計画通りに上手くいっていた。

だが、シオンを助けに魔界から魔王ヴィラルヴォードやその配下がいっせいに現れ、形勢は逆転してしまった。

一気に。呆気なく。

このまま魔竜形態の呪詛兵器が倒されれば、次は自分たちの番だ――。

恐怖したティアナたちは、一目散に逃げ帰ってきたのだった。

「おお、お前たちか」

王城に戻ると、王と重臣たちが歩いてくるところだった。

城内の巡察でもしているのだろうか。

「ご機嫌麗しく、陛下」

ティアナたちは深々と一礼する。

「どうした？　何やら顔色が悪いようだが――」

「い、いえ……」

シオンを陥れるための企てが不首尾に終わって、逃げ帰ってきました……などと言えるはずがない。

と、そのときだった。

『人間界の敵である元勇者シオンは呪詛兵器を人間界で炸裂させ、世界に大いなる災厄をもたらした――今回の事件の筋書きはこれ。あたしたちの罪は、すべてあなたにかぶってもらうわよ！　あはははははは！』

突然、空中に声が響いた。

「えっ、何これ……!?」

ティアナの顔から血の気が引いた。

他の三人も同じだ。

『実はね、あたしたちもいろいろと大変な状況なのよ。王女を殺してしまったり、それを誤魔化したけど隠しきれなくなったり……崖っぷちなの』

『だから手柄を立てて、それを帳消しにしようと思いまして』

『世界の敵である君を殺せば、ボクたちは「王女殺し」ではなく「大罪人シオンを討った英雄」として祭り上げられるんだよね』

『私たちの踏み台になるため、元勇者には死あるのみ』

そう、呪詛兵器と戦うシオンをだまし討ちにしようとした際の、ティアナたちの台詞――。

「これじゃ、あたしたちのやったことが丸わかりじゃない！」

ティアナは悲鳴を上げた。

「……いったいどういうことだ？」

王がティアナたち四人をにらむ。

その周囲には重臣たちがズラリと控えていた。

「この声はお前たちのものであろう。勇者を殺し、世界を滅亡の危機に導こうとした四人の大罪人――ということか？」

「へ、陛下、これはその……」

突然のことにティアナたちは二の句が継げなかった。

――と、そのときだった。

「陛下、今の声をお聞きいただいた通り、彼女たちこそ世界を揺るがす大罪人でございます」

声とともに一人の女が現れる。

「えっ……!?」

ティアナたちは呆然と立ち尽くした。

「そ、そんな、死んだはず……」

彼女たちが殺したはずの——メリーアン王女だった。

「確かにわたくしは一度死にました。ですが、それは仮初の死」

驚くティアナたちにメリーアンが言い放つ。

「勇者シオンをだまし討ちにするようなあなた方を相手に、無防備に立ち向かうわけがないでしょう？　最初から備えていたのですよ。あなた方に危害を加えられたとき、仮死状態で助かるように……王家の秘伝のアイテムを体に忍ばせて」

「仮死状態になるアイテム……!?」

ティアナは呆然としたままメリーアンを見つめた。

「その後、わたくしはあなた方の非道を糾弾する準備のため、ずっと身を潜めていました。そして先日、勇者シオンを卑劣な手段で殺そうとしたあなたたちが、また同じような非道を行ったと——ある方に教わったのです」

「ある方？」

「魔王ヴィラルヴォードです」

メリーアンの言葉に周囲がざわめいた。

「ですが、魔王といっても彼女は悪の化身ではありません。わたくしたちは魔王こそ世界の敵だと思っていましたが、実は違ったのです」

周囲が、さらにざわつく。

「彼女は、わたくしたちの世界を救うために戦ってくれました。そして、人間でありながら、この世界に危機をもたらそうとする邪悪な存在のことを教えてもらったのです」

メリーアンはそう言って、ティアナたちを指さした。

「すなわち、勇者なき後の勇者パーティ——あなたたちのことを！」

「ちょ、ちょっと待って！　あたしたちは別に人間界を危険にさらそうとしたわけじゃないわ！」

「姫は魔王にだまされています」

抗弁しながらティアナは混乱していた。

なぜメリーアンは魔王と連絡を取ることができたのだろう？

いったいどういう経緯で王女と魔王は知り合ったのだろう？

「お黙りなさい！　あなた方の言うことなど信じません！」

姫が怒声を上げた。

まずい、と思った。

メリーアンが教えてもらったという魔王の話には虚実が入り交じっている。

だが、この場の雰囲気は、彼女が魔王から聞いたことはすべて真実なのだと——すなわち、ティアナたちは世界の敵なのだという流れに傾いてきている。

まずい、まずい——。

ティアナは背中にぬるい汗が伝うのを感じた。

焦燥感が高まる。

なんとかしなくては、ティアナたち四人は世界に背いた大罪人として処罰されかねない。

「無駄ですよ。これだけ明白な証拠がある以上は――」

メリーアンがティアナたちをにらみつけた。

「陛下、まだまだ証拠はございます。お望みでしたら、いくらでも提示いたしますので」

見れば、王の顔は真っ赤だった。

激しい怒気が伝わってくる。

「お前たち、この件について詳しく聞かせてもらおう。国の大法廷で、な」

そして――彼女たちへの世界の断罪が始まる。

エピローグ　魔王は勇者の可愛い嫁

呪詛兵器の騒動から二週間が経った。

俺はヴィラとともに魔王城最下層にある宝物庫にいる。

「では、やってみてくれ、シオン。手順通りにな」

「分かった。いくぞ、ファリア」

俺は緊張気味に聖剣ファリアレイダを掲げた。

今回の『作業』に失敗は許されない。

一発で決めなければならない。

だけど――不安はない。

俺とヴィラならきっとできる。

そう信じて、彼女に目配せをした。

それから正面に視線を戻す。

目の前には紫色のオーラに包まれた宝玉――呪詛兵器のコアがあった。

「【聖魔融合】モード」

俺は聖剣の能力を最大限に引き出した。

「【空間操作】【超級封印空間作成】」

同時に、ヴィラが空間魔法を発動すると、宝玉が赤いオーラに包まれていく。

そこへ、

「【解呪】！」

俺は聖剣を振り下ろした。

ほとばしった黄金の輝きが、ヴィラの生み出した赤い輝きに絡みつき、融合する。

――数瞬の後、呪詛兵器のコアは赤と金が混じったエネルギーの檻に閉じ込められていた。

「これが新たに開発した私の新術式だ。聖剣の解呪能力と私の空間魔法の相乗効果で、呪詛兵器を完全に封じ込める――これなら、仮に奪われたとしても私やお前以外の者が封印を解くことはできん」

ヴィラが満足げに言った。

「よくこんな短期間で新しい術を開発できたな」

「非常に有用な資料を発見したんだ。とある伝手を得て、な」

ヴィラが微笑む。

何か含みのある笑顔だった。

「……何か隠してないか？」

「ふふ、秘密だ」

怪しい……。

「ただ、これで解決というわけじゃない。今後も呪詛兵器を狙ってくる者がいるかもしれない。この術式だって、いつか誰かによって破られるかもしれない。だから――」

「ああ。今まで以上に厳重にこれを守っていこう」

俺たちはうなずき合う。

とはいえ、これで一区切りついたことも確かだ。

呪詛兵器を巡る戦いは、ひとまず終結だろう。

※

「これで彼女たちが二度と世界にかかわることはない……」

誰もいない暗い部屋の中で、ヴィラが一人つぶやいた。

仮死状態から復活し、シオンのために動いていた人間の王女メリーアンと接触できたのは、呪詛兵器を封じる方法を探していたときだった。

そう、ちょうど呪詛兵器が炸裂するまで残り半日を切ったころだ。

かつて、古代の魔王が呪詛兵器を封じた際に、とある王家の魔術師の力を借りたのだという。

その王家の末裔こそメリーアンだった。

だからヴィラはメリーアンに呪詛兵器の封印術式について教えてくれるよう、取引を持ち掛けたのだ。

最初はヴィラが魔王ということで警戒心をあらわにしていたメリーアンだったが事情を話すにつれ、ヴィラを信用してくれるようになった。

それにはシオンの存在が大きかった。

メリーアンはどうやら彼に好意を抱いていたらしい。

そのことを聞いて、彼女への親近感を覚えたほどだ。

同じ男に惚れた者同士として……。

そしてヴィラはメリーアンの、四人に対する恨みを巧みに利用し、必要な情報を与え、ティアナたちの悪事を暴くための罠を張ることができた。

「ティアナたちの罪は明るみに出た――これで四人とも終わりね」

ヴィラは深いため息をついた。

やがて、ティアナたちは勇者殺しと世界を危機に陥れたという二つの大罪によって裁かれることになるだろう。

メリーアンから聞いたところでは、全員が懲役二千年から五千年ほどの期間を言い渡されることになりそうだ、と言っていた。

彼女たちが犯した罪は、それほどまでに重い。

生きている間は一生幽閉され、さらに地下施設で死ぬまで労働させられることになるだろう。

何重にも封印魔法をかけられ、剣や魔法の力はすべて奪われ、いっさいの楽しみを与えられず、ただ己の罪を悔いながら生涯服役する。

彼女たちの未来には、もはや何もない。

死んだ後も、その霊魂は強力な魔術儀式によって呪縛され、まさしく数千年が経過するまで、霊そのものが苦痛を味わわされるのだ。

ティアナたちに逃れるすべはない。

彼女たちの未来には——苦痛と絶望しかない。

「あたしのシオンを殺そうとした報いよ。もう二度と——お前たちに彼を傷つけさせない」

ヴィラの瞳に暗い光が宿った。

「シオンは、あたしが守る……！　大切なあの人を——絶対に」

※

数日後、魔王城内では、呪詛兵器封印戦の祝勝会が行われていた。

四天王や魔界の有力者たちが招かれ、それぞれが楽しんでくれているようだ。

俺はヴィラと二人で話していた。

「呪詛兵器の無力化は長い間、歴代魔王の懸案事項だった。それをようやく成し遂げられて、肩の荷が下りたよ」

微笑むヴィラはパーティ用のドレス姿で、とても美しかった。

他にも美しく着飾った女魔族は数十人単位でいるのだが、ヴィラは別格だった。

周囲がかすんで見える、まさしく絶世の美女――。

その端麗さに俺は完全に見とれてしまっていた。

こんな魅力的な女性が俺の妻なんだと思うと、あらためて喜びと幸福感と、そして誇らしさがこみ上げる。

「今まで魔界に存在しなかった力――『勇者の聖なる力』があったからこそだ」

「そうだな。ただ、それだけじゃないと思う」

今度は俺がヴィラに微笑む。

「君が魔界の有力者たちに呼びかけ、彼らを一つにまとめてくれたから……魔界の力を結集できたからだと思う。俺一人じゃ……あるいは俺とヴィラだけじゃ、とても無理だった」

「そうだな。みんなの力だ」

ヴィラはしみじみとした様子だった。

魔界の有力者たちは今回の件を通じて、以前ほど魔王に敵愾心を燃やさなくなったように思える――とヴィラは言っていた。

やはり呪詛兵器を相手に、平時なら絶対にあり得ないであろう『共闘』をしたことが効いているんだろう。

そうやって、魔界全体が平和に近づいていったらいいな、と思う。

もちろん、すべてが解決したわけじゃない。

目下の脅威である『暴風王』の存在がある。

でも――だからこそ、俺が彼女を支えていこう。

俺が、彼女を守っていこう。

「……シオン、少し抜け出さないか？」

ヴィラが耳打ちしてきた。

「ヴィラ？」

「ふ、二人で話したい……から……」

彼女の耳が赤くなっていることに気づいた。

酔いが回ったのか、それとも――。

「分かった。行こう」

俺は彼女の手を取り、バルコニーに向かう。

チラリと振り返ると、会場内では様々な魔族が楽しげにしていた。

平和、ということなんだろう。

俺が――俺たちが取り戻した、平和。

俺たちが守った平和。

人間界を守る勇者から、魔界を守る英雄へと立場は変わってしまったけれど。

それでも変わらないものが、ここにはあった。

穏やかで幸せな笑顔、笑顔、笑顔――。

俺たちはバルコニーに出た。

酒で軽く火照(ほて)った体に、夜風が気持ちいい。

「さっきのシオン、嬉しそうな顔をしていた」

「ん？　ああ……みんなが楽しそうだったから」

俺はヴィラに今の心境を語った。

「周りが楽しそうにしていると、俺も楽しくなる」

「そうだな……そうね」

うなずくヴィラ。

ん？　今、口調が普段の魔王のものと違ってなかったか？

「あたしも――シオンが嬉しそうにしてくれると、嬉しい」

「ヴィラ……」

「あ……へ、変かな、この話し方」

ヴィラは照れたように、はにかんだ顔になった。

「普段ほとんどしないもんね」

「変じゃないよ」

俺は微笑んだ。

「可愛らしくて、いいと思う」

「ほ、本当？　えへへ」

ますます照れたように笑うヴィラ。

「いちおう『魔王』だから、普段はどうしても威厳のある話し方をしなきゃいけないんだけど
……シオンと二人っきりのときは、自然な自分でいられる気がするの」

「今は『夫婦』の時間なんだ。身構える必要も、気負う必要もないよ」

「ありがと、シオン」

俺たちは見つめ合った。

多くの言葉を重ねなくても、視線を交わすだけで心が通じ合っている実感があった。

「二人のときは——ときどきこの話し方にしてもいい？」

「ああ。いつでもいいぞ」

「えへへ」

俺とヴィラはお互いに微笑み合った。

平凡で、穏やかな時間。

他愛のない、こんなやり取りが——本当に幸せだと感じられる。

これから先も、困難や戦いの日々が待っているのだろう。

魔界には、魔王の座を狙う実力者がまだいるし、人間界にだってティアナたちのような者は他にもいっぱいいる。

そもそも魔族と人間の戦いだって終結したわけじゃない。

けれど、ヴィラが側(そば)にいてくれると——それもなんとかなるんじゃないか、って前向きな気

持ちが湧いてくる。
一緒に前へ進んでくれる相手がいるから——大切な『妻』がいるから。
俺はこれからも、ヴィラと一緒に歩んでいけるんだ。

【完】

あとがき

はじめましての方ははじめまして、お久しぶりの方はおひさしぶりです、六志麻（ろくしま）あさです。

このたびダッシュエックス文庫様から『魔王は勇者の可愛い嫁』を出版させていただけることになりました。

この作品は小説家になろうに掲載されている作品の書籍化ということになります。

普段、小説家になろうから書籍化するときは出版社様から打診をいただいて出版という運びになることがほとんどなんですが、この作品に関しては『第４回集英社ＷＥＢ小説大賞』で銀賞をいただいての書籍化ということになります。

こういった公募にはなかなか縁がないので（数年前に他社さんで一度だけ受賞したことがありますが、それ以来）本当に嬉しいです。やっぱり『受賞』という響きはいいですね……うっとり。

もちろん打診による書籍化も嬉しいので、どしどし打診ください！　なろうやカクヨムに未書籍化作品が何作か置いてあります！（全方位に謎のアピール）

まあ、それはさておき――。

『魔王は勇者の可愛い嫁』は小説家になろうに掲載されている作品ではありますが、実はこの文庫版となろう版はかなり内容が変更されています。

ウェブ小説の書籍化の場合、文章を読みやすく改稿した上で、内容に関してはウェブ版ほとんどそのまま……というケースが少なくないのですが、本書に関しては序盤の流れから先は結構変わっています。

またなろう版には出てこないキャラクターやイベントも盛りだくさんとなっております。

とはいえ、なろう版で描かれたコンセプトやメインキャラの関係性などは基本的に同じなので、なろう版を気に入っていただけた方なら、本書もきっと楽しんでいただけると信じています。

内容に関して、僕の普段のなろう書籍化作品はいわゆる俺TUEE系でバトル寄りのストーリーが多い傾向にあるのですが、本書に関してはラブコメ部分にも力を入れたつもりです。

なろうで書くようになる以前はファンタジーではなくラブコメ系のラノベを何作か書いていたので、そのころのことも思い出しつつ、なんだか懐かしい気分になって夢中で書いていました。

なろう版に比べても、シオンとヴィラのイチャラブ成分は数十割増しになっていると思いますし、あまな先生の素敵可愛いイラストがそんなイチャラブ成分をさらに数十億割増し（本当に可愛いです！）くらいにしてくれているので、ぜひぜひ楽しんでいただけたら嬉しいです。

といっても、要所ではバトル部分もこだわったつもりです。もちろんシオンの俺TUEEな

無双シーンもあります。やっぱり主人公が最強で無双で爽快感たっぷりなシーンはいいですよね！（ぐっ）

なので、ラブコメありバトルありの『いいとこ取り』を楽しんでいただけましたら幸いです。

では、そろそろ紙面も尽きてきたので謝辞に移りたいと思います。

今回、この作品を『銀賞』に選んでくださり、出版を許可してくださった集英社ダッシュエックス文庫編集部様、またなろう版からの改稿に際して様々なアドバイスをくださった担当編集者のT様、そして時に可愛らしく、時にカッコいいイラストの数々を描いてくださったあまな先生、本当にありがとうございました。

さらに本書が出版されるまでに携わってくださった、すべての方々に感謝を捧げます。もちろん本書をお読みいただいた、すべての方々にも……ありがとうございました。

それでは、次もまた皆様とお会いできることを祈って。

二〇二四年四月　六志麻あさ

この作品の感想をお寄せください。

あて先　〒101-8050　東京都千代田区一ツ橋2-5-10
集英社　ダッシュエックス文庫編集部　気付
六志麻あさ先生　あまな先生

ダッシュエックス文庫

魔王は勇者の可愛い嫁
～パーティの美少女4人から裏切られた勇者、魔王と幸せに暮らします。
4人が勇者殺しの大罪人として世界中から非難されてる?まあ因果応報かなぁ～

六志麻あさ

2024年4月30日　第1刷発行

★定価はカバーに表示してあります

発行者　瓶子吉久
発行所　株式会社　集英社
〒101-8050　東京都千代田区一ツ橋2-5-10
03(3230)6229(編集)
03(3230)6393(販売／書店専用) 03(3230)6080(読者係)
印刷所　大日本印刷株式会社

ISBN978-4-08-631547-0 C0193

傷ついた少女を癒す **大人気ファンタジー** 初の

完全小説化!!

ダッシュエックス文庫より

大好評発売中!!

〔原作・イラスト〕ぎばちゃん 〔小説〕綾坂キョウ

祝！小説化!!!
豪華寄稿陣によるスペシャルアート掲載!!
寄稿作家一覧（50音順・敬省略）
碇マナツ　タケウチリョースケ
92M　千種みのり
桜井のりお　肉丸
40原　猫麦
じゅん　八木戸マト
カバーはこちら!!
小説『ボロボロのエルフさんを幸せにする薬売りさん』
Dying elf & apothecary

原作マンガを
ぎばちゃん先生
全面監修の元
フルカラー化!!
で、用件はなんなんだ
まぁ お偉いさんから厄介なモン押しつけられちまってね
コレ。
散々弄ばれて捨てられたエルフだ
・リズレ
薬売りさん
比べると僕
なってきたのでは
場面をイメージ
の介抱に必要な時間
営業も元通りになっ
をする日中は、彼女には
充填しつつ休養する日々を
中!!
本書だけの
新規描きおろし
マンガ＆イラスト
掲載!!

カバーは
こちら
!!!!!
ぎばちゃん
Gibachan
ボロボロのエルフさんを
Dying elf & apothecary
幸せにする薬売りさん

大リニューアルして募集中！

集英社 ライトノベル新人賞

SHUEISHA Lightnovel Rookie Award.

ダッシュエックス文庫が主催する新人賞「集英社ライトノベル新人賞」では
ライトノベル読者に向けた作品を**全3部門**にて募集しています。

ジャンル無制限!
王道部門

大賞……**300万円**
金賞………**50万円**
銀賞………**30万円**
奨励賞……**10万円**
審査員特別賞**10万円**
銀賞以上でデビュー確約!!

「純愛」大募集!
ジャンル部門

入選………**30万円**
佳作………**10万円**
審査員特別賞　**5万円**
入選作品はデビュー確約!!

原稿は20枚以内!
IP小説部門

入選………**10万円**
審査は年2回以上!!

第13回 王道部門・ジャンル部門　締切：2024年8月25日
第13回 IP小説部門#2　締切：2024年4月25日

最新情報や詳細はダッシュエックス文庫公式サイトをご覧下さい。
http://dash.shueisha.co.jp/award/